D0340518

¡Glamour!

¡Talento!

¡Estrellato!

¡La fama y el éxito
pueden estar a un paso!

Bienvenidos a

Para otra dosis de

lee:

Estrellas del mañana

Ambición secreta

Rivales

Cumple tu sueño

Cindy Jefferies

El triunfo de Tara

Grupo Editorial Lumen

Buenos Aires - México

Para cada niño que necesite ayuda, dondequiera que esté.

Gracias a Ed por haberme prestado su bajo, y a Rickenbacker
por hacer el hermoso 4003.

Título original: *Tara's Triumph*

First published in 2005 by Usborne Publishing Ltd.,
Usborne House, 83-85 Saffron Hill, London

Jefferies, Cindy
El triunfo de Tara – 1.ª ed. - Buenos Aires : Lumen, 2007.
144 p. ; 20x13 cm.

Traducido por: Luisa Fernanda Lassaque
ISBN 978-987-00-0713-5

1. Narrativa Juvenil Inglesa. 2. Novela. I. Lassaque, Luisa Fernanda, trad. II. Título
CDD 823.928 3

Grupo Editorial Lumen
Viamonte 1674, (C1055ABF) Buenos Aires, República Argentina
Tel.: 4373-1414 (líneas rotativas) • Fax (54-11) 4375-0453
E-mail: editorial@lumen.com.ar
http://www.lumen.com.ar

Hecho el depósito que previene la ley 11.723

LIBRO DE EDICIÓN ARGENTINA
PRINTED IN ARGENTINA

1. Sola

Tara terminó de darse un baño y se puso su última camisa limpia. Miró con nostalgia la cama recién hecha, con el mosquitero prolijamente plegado. Pero no podía volver a la cama, a pesar de que había estado levantada desde las cinco de la madrugada y acababa de volver del safari matinal. Tenía por delante un viaje muy largo y esperaba no tener que hacerlo sola.

Tomó los auriculares y puso música. Había llenado su i-Pod con sus canciones favoritas antes de salir de vacaciones y ahora trataba de acallar su cansancio con un poco de rock pesado mientras hacía las maletas.

El personal de la posada africana se había portado maravillosamente con ella. Los dueños, Connie y Tambo Sissulu, eran viejos amigos de sus padres. Habían cuidado muy bien de Tara, y habían hecho todo lo posible por hacerla sentir en su casa. Jimmy, el guía del safari, había logrado incluirla con éxito y, a veces, hasta le permitía compartir con él el asiento delantero del autobús del safari. Pero ni haber visto a los "cinco grandes" animales de caza del África había levantado el ánimo de Tara. Ella se sentía muy decaída, y el haber pasado los últimos dos días de sus vacaciones con diversas parejas de edad mediana que, vestidas con ropa holgada, sólo conversaban sobre temas aburridos, no había sido de gran ayuda. Estaba segura de que ninguno de ellos compartía su pasión por el rock, y no le había dicho a nadie cuánto extrañaba tocar su bajo.

No debió haber sido así. Debió haber sido una vacación familiar, una fantástica semana de safari, los tres juntos por primera vez. Pero no había sucedido así. Las cosas se habían complicado desde el principio.

–Lamentablemente, tengo que volver a casa un par de días antes de lo previsto –había anunciado el papá de Tara, con un poquitín de vergüenza, cuando estaban cenando la primera noche–. Me telefonearon esta mañana. A último momento me pidieron que participara de una sesión de grabación muy importante. Tengo que estar en Londres el viernes.

—¡Ay no, querido! —protestó la mamá de Tara—. ¿No puedes decirles que no puedes ir?

—Lo siento. No puedo negarme —replicó el padre—. Pero todavía tenemos cinco días para estar juntos.

Tara había jugado con su ensalada de frutas exóticas mientras escuchaba la discusión de sus padres por encima de los sonidos nocturnos de la espesura africana. Ella pensaba que los tres deberían estar sentados tranquilamente, escuchando los fantásticos rugidos y chillidos que surgían de la oscuridad. Pero la vida profesional de los padres de Tara siempre era un obstáculo.

El padre de Tara era músico de jazz y su madre era periodista de modas. Ambos pasaban muchísimo tiempo viajando de un lado a otro del mundo y ahora parecía que no podían disponer ni de una semana juntos, como una familia, sin que uno de ellos lo arruinara todo.

Tara intentó no sentirse triste por el hecho de que su padre debiera irse enseguida. Pero resultó que su padre no era el único que la decepcionaría: su madre tampoco tardó en abandonar las vacaciones familiares.

Luego de tres maravillosos días juntos, su madre se enteró de un importante evento de fotografía que tenía lugar en la costa. Primero, había recibido constantes llamados telefónicos. Luego, dejó caer la bomba.

—Tengo que irme por la mañana, y no volveré por el resto de la semana —anunció, para conmoción de Tara—. No me lo hagas difícil, preciosa —agregó la madre al notar la cara que puso Tara—. Se dice que Tikki Deacon está en África no sólo por un trabajo de modelaje. Tú sabes lo famosa que es ella. Podría ser una gran noticia. No puedo decepcionar a mi editor, ¿verdad?

Y así quedaron las cosas. Tres días los tres juntos, como familia, dos días más con su padre, y los últimos dos abandonada por sus *dos* padres. Tara se tragó las palabras llenas de enojo que quería decir. Los demás tenían vacaciones como la gente. A veces ellos pasaban dos semanas completas todos juntos. Pero lo máximo que sus padres lograban estar con ella era tres días.

Tara escuchó que sus padres comentaban qué podían hacer con su hija en esos últimos dos días de las vacaciones, ya que ambos debían irse. Esa conversación hizo que Tara se sintiera como un paquete.

—Podríamos enviarla con mi madre, pero también está el problema de su vuelta al colegio. Sabes que mamá no conduce —dudó la madre de Tara.

—¿No hay alguna amiguita con la cual quieras quedarte, preciosa? —preguntó el padre, ansioso—. Eso haría más sencillo tu regreso al colegio —agregó mientras miraba a su esposa, y hacía caso omiso del murmullo de respuesta de Tara.

No había nadie con quien Tara quisiera quedarse, sobre todo, sin haber podido avisar con anticipación. No quería que nadie se compadeciera de ella. No podría soportarlo.

—¿No puedo volver a Londres el viernes contigo? —le suplicó a su padre.

—En cuanto regrese al estudio —respondió su padre inflexible—, me sumergiré en el estudio, y tú sabes cuánto tiempo paso allí. Supongo que trabajaré toda la noche. No te hará gracia, y tampoco podrás quedarte sola en casa todo ese tiempo.

—Hablemos con Connie y Tambo —sugirió su madre—. Sólo por que *nosotros* tengamos que irnos no significa que Tara tenga que perderse el resto del safari. Estoy segura de que no tendrán problema en cuidarte —le dijo a Tara alegremente—. No querrás que te arrastre de un lado al otro en todo ese ajetreo, ¿verdad? Tendrás mucho para hacer aquí, con dos salidas de exploración por día, y también tienes la piscina para divertirte.

—Si podemos lograr que pueda hacer conexión con el vuelo a Londres sin escalas, todo estará bien —agregó el padre de Tara—. Haré que un automóvil te recoja en el aeropuerto de Heathrow y te lleve a la escuela —le dijo a Tara. Y eso había sido todo.

Tara no armó ningún lío, pero de inmediato se disculpó y fue a su habitación. Puso música y se dedicó a mirar con tristeza su reflejo en la oscura ventana, antes de bajar las persianas. Lamentó no haber llevado el bajo con ella. Al menos, la música era una amiga que no la abandonaba. Parecía ser lo único en su vida que sí se quedaba a su lado.

Una vez más, Tara volvería a la escuela para un nuevo semestre sin que su papá y su mamá estuvieran con ella para abrazarla y desearle lo mejor, igual que los demás padres. Rockley Park era un internado, y Tara odiaba llegar sola. No era justo.

Al menos, a Tara le gustaba la escuela. Si bien allí se enseñaban las materias habituales, en Rockley Park también se brindaba a los estudiantes toda la información necesaria para triunfar en el negocio de la música. Y Tara tenía muchas ambiciones. Soñaba con pertenecer a una famosa banda de rock. Estaba decidida a ser más exitosa que su padre. Él era un saxofonista muy respetado, pero gran parte de su trabajo se realizaba en estudios de grabación, como acompañamiento de otros músicos en sus discos compactos. Tara prefería tocar en vivo. Quería estar en un escenario, tocando su bajo y oyendo los aplausos de sus enloquecidos admiradores, que viajarían con entusiasmo por los continentes para verla, y que no iban a dejarla abandonada, como hacían sus padres con tanta frecuencia.

Mientras el ritmo del rock golpeteaba en sus oídos, Tara comenzó a colocar algunas de sus pertenencias en su bolso. Lo llevó a la recepción, donde Jimmy estaba esperándola con una sonrisa. Tara le dio el equipaje, y arrojó sus auriculares y su i-Pod a su bolsillo.

—¿Todo listo? —preguntó Jimmy.

Tara asintió con la cabeza. Connie y Tambo le dieron un gran abrazo de despedida. Tara tenía la impresión de que ellos tampoco estaban de acuerdo con la forma en que sus padres la habían abandonado.

—Disfruta este nuevo semestre —le pidió Connie—. Y apenas seas famosa, quiero que me envíes tu primer disco compacto.

Jimmy y Tara llegaron hasta el aeroplano monomotor de la posada africana y subieron a él. La pequeña nave no tardó en comenzar a carretear, entre saltos y traqueteos, por la pista de aterrizaje de tierra colorada para, luego, levantarse y ganar altura. Al llegar al aeropuerto de la ciudad, Jimmy debía entregar a Tara a la encargada de la aerolínea para que la cuidara durante ese prolongado vuelo internacional.

En la terminal todo era bullicio. Jimmy ayudó a Tara a despachar el equipaje. Le preguntó si tenía su pasaporte, su tarjeta de embarque y su bolso de mano antes de llevarla hacia las puertas de embarque donde estaba esperándola la encargada de la aerolínea. Despidió a Tara con su habitual sonrisa, saludándola con la mano, antes de volver apurado para seguir con sus obligaciones en la posada.

Tara lo vio irse. Sabía que su padre le habría pagado bien por cuidarla, pero él había sido muy gentil y extrañaría sus chistes malos y sus fantásticas historias de animales.

Cuando Tara aterrizó en Heathrow, Jimmy y África parecían ya muy lejanos. La encargada de la aerolínea la había irritado intensamente al tratarla como a una niña pequeñita, y el constante ronroneo de los motores del avión le habían impedido dormir. Todo eso, más el hecho de que se había levantado temprano, hizo que Tara estuviera agotada. Por suerte, su padre había cumplido la promesa de que alguien la fuera a buscar al aeropuerto.

Mientras Tara salía del sector de aduana, observó cada una de los rostros expectantes. Distinguió el de una joven mujer que estaba detrás de las vallas, y que sostenía un letrero escrito a las apuradas con el nombre de Tara.

—¿Tuviste un buen viaje? —preguntó la mujer. No esperaba respuesta, y la guió hacia donde el automóvil estaba estacionado. La mujer cargó las maletas de Tara en la cajuela, y lo puso en marcha. Tara se acomodó en el asiento trasero, e intentó sentirse feliz de volver sola a la escuela. Pensó que ya debía estar acostumbrada.

Cuando llegaron a la autopista, la mujer quiso conversar.

—Rockley Park. Allí es donde vas si quieres ser cantante pop, ¿verdad? —preguntó.

—O músico de rock —gruñó Tara, que no gustaba mucho del pop.

—Debe ser divertido tocar música todo el día —dijo la mujer.

—No tocamos música todo el día —Tara se irguió en el asiento para explicar—. Tenemos que asistir a todas las clases también. Es mucho más exigente que una escuela común.

—No lo sabía —contestó la mujer. Luego de un rato, ella volvió a hablar. —¿Conoces mucha gente famosa?

Tara no respondió. Finalmente, había logrado dormirse, y así quedó hasta que el automóvil estacionó en los jardines de la escuela Rockley Park de Artes Interpretativas.

Tara se desperezó, bostezó y salió con dificultad del automóvil, con el equipaje en la mano.

—Qué mal me siento. Todavía no estoy lista para encontrarme con nadie de la escuela.

2. Sentimientos encontrados

Tara se arrastró por el pasillo hasta llegar a su habitación, donde arrojó sus bolsos sobre la cama. Había llegado temprano. Las famosas modelos mellizas, Pop y Lolly Lowther, no habían llegado aún. Tampoco Chloe, su otra compañera de cuarto. Pero, pese a que el lugar estaba vacío, seguía pareciendo habitado. A los estudiantes de Rockley Park se les permitía dejar sus efectos personales en la escuela durante las vacaciones de Pascua; por eso las camas estaban tendidas con sus cobertores de pluma de ganso, los libros estaban en los anaqueles, y sus pósteres favoritos estaban adheridos a los paneles de corcho sobre las camas.

—Hola, Tara. Llegaste temprano —dijo la señora Pinto, la encargada de los dormitorios de niñas, mientras asomaba su cabeza por la puerta y le sonreía–. ¡Por Dios, te ves muy saludable! ¡Mira esas lindas pecas! ¿Estuviste en algún lugar bonito durante la Pascua?

–En realidad, no –respondió Tara, que no quería preguntas acerca de sus vacaciones–. ¿Llegó alguien?

–Tú eres la primera –informó la señora Pinto –. Supongo que los demás no llegarán sino hasta dentro de un buen rato. Pero tienes correspondencia. Está en tu casillero en la planta baja.

Tara asintió con la cabeza.

Cuando la señora Pinto se marchó, Tara decidió que no quería desempacar en ese momento. Colgó su chaqueta de verano y sacó un abrigo más pesado de uno de sus cajones. Tenía frío luego de una semana de calor en África.

Me pregunto quién me habrá escrito, pensó.

Caminó por el silencioso corredor y bajó las escaleras. En su casillero había una tarjeta postal que había enviado su padre. Era habitual en él. Pudo haber telefoneado, o enviado un mensaje de texto, pero siempre enviaba tarjetas postales.

Aún estaba trabajando en ese nuevo álbum de jazz y, según lo que escribía, parecía muy ocupado.

—Que tengas un buen semestre, linda —le había escrito—. Espero que te guste nuestro regalo. Judge Jim Henson te lo entregará. Debo despedirme. Mis compañeros quieren grabar otro tema, si es posible. Parece que será otra larga noche.

Tara suspiró. No estaba muy impresionada.

—Es lo de siempre. Me envían regalos cuando me han decepcionado. Pero ¿por qué habían enviado éste a Judge Jim?

Judge Jim Henson era el Director del Departamento de Rock. Hacía tiempo que él y el padre de Tara eran amigos, pero no había razón para que le enviaran el regalo a él. ¿A qué estaban jugando sus padres?

Tara guardó la tarjeta postal en su bolsillo y fue hacia el Departamento de Rock. Como muchos de los profesores, Judge Jim había llegado temprano a la escuela en ese comienzo de semestre, para organizar todo antes de que llegaran los alumnos. Estaba en el salón principal, cambiando un enchufe. Del sistema de sonido salía un melodioso blues tocado en guitarra.

—Hola, Tara —la saludó, mientras apartaba unos mechones grises de su rostro oscuro y arrugado—. ¿Estuviste tomando sol?

Ella no hizo caso de la pregunta.

—¿Llegó algo para mí? —preguntó, mientras sacaba la tarjeta postal de su bolsillo.

Judge Jim le sonrió.

—Claro que sí. Y llegó hace un par de horas.

Tara frunció el ceño.

—¿Podría decirme de qué se trata? —preguntó.

Las lujosas cajas de bombones y los bolsos y bufandas de buena marca que su madre solía enviarle apenas necesitaban de la atención de Judge Jim.

Judge Jim miró sorprendido.

—¿Acaso no lo sabes? —respondió mientras dejaba el enchufe y el destornillador en el piso y se levantaba—. Está en mi oficina. Ven a ver.

Tara lo siguió hasta su pequeño cuarto abarrotado. No parecía haber nada envuelto con papel de regalo entre las montañas de papeles que poblaban el escritorio de Judge Jim. Pero su maestro tomó un enorme estuche de guitarra y lo colocó con cuidado sobre los papeles.

—¿Es tu cumpleaños? —preguntó, señalando el estuche.

—No —respondió Tara, mientras sus manos dudaban sobre los pestillos.

—Tienes suerte, entonces —le dijo—. Vamos, ¡ábrelo!

Tara abrió el estuche y levantó la tapa. En el interior, un envoltorio protegía el instrumento. Ella lo sacó de allí, y vio un precioso bajo, con su largo cuello, de color blanco y negro. Tara enmudeció.

—Es hermoso, ¿no? —dijo Judge Jim.

—¡Un Rickenbacker! ¡Hace años que quiero uno así! —gritó Tara.

—Ahora lo tienes. Además, aconsejé a tu padre que te consiguiera esto —agregó Judge Jim. Abrió un cajón, sacó un cable y se lo entregó a Tara.

—Pero ya tengo un cable para mi bajo —dijo ella—. ¿No puedo usar ése?

—Claro que sí. Pero éste es bastante especial, permitirá que el sonido salga mucho mejor. No lo pierdas. Este cable resultó muy costoso, pero le dije a tu padre que tú y el bajo bien lo valían.

Tara apartó la mirada, incapaz de pronunciar palabra por un momento. Sus padres siempre la decepcionaban y, luego, trataban de compensarlo con regalos. Pero jamás habían enviado algo así. El padre de Tara debió haber pedido consejo a Judge Jim para comprar exactamente el instrumento que ella quería. Y ella estaba segura de que jamás le había dicho cuánto admiraba los bajos Rickenbacker. Su padre poco sabía de bajos.

Por lo general, Tara despreciaba los presentes que le enviaban sus padres, pero en esta ocasión no podía pasar lo mismo. Sus emociones parecían hojas en el viento, y no sabía ni cómo se sentía. Debía llamar a su padre para agradecerlas, pero todavía estaba enojada con ambos por arruinarle sus vacaciones y por no llevarla a la escuela personalmente. Por maravilloso que fuera el Rickenbacker, no lograba compensar el hecho de que ambos la hubieran dejado, y ella no quería que pensaran que esa cuenta estaba saldada.

Para su enojo, Tara sintió que las lágrimas comenzaban a arderle en los ojos. Pero Tara Fitzgerald *jamás* lloraba. Prefería enfadarse. ¿Así que sus padres le habían enviado un regalo porque sentían culpa? Ése era problema *de ellos.*

Judge Jim pareció percibir su emoción. Le acarició el hombro.

—Tengo que llenar unos papeles —le dijo suavemente—. ¿Por qué no vas al salón principal con tu nuevo bajo y te familiarizas con él?

Tara asintió con la cabeza. Por suerte, su profesor no había querido prolongar la conversación. Pese a estar molesta con sus padres, se moría por tocar ese Rickenbacker.

Tara lo llevó al otro cuarto y lo conectó al amplificador con el nuevo cable. No lejos de allí, su viejo bajo estaba colgado del soporte, con un aspecto un tanto triste. Ella lo había extrañado mucho mientras estuvo en el safari, pero ahora que tenía un instrumento nuevo iba a dejar descansar el viejo por algún tiempo. Con un gesto desafiante en su rostro, se sentó con el pesado Rickenbacker sobre su rodilla. Tenía incrustaciones hermosas, y el borde blanco contrastaba con mucha elegancia sobre el cuerpo negro del instrumento. Tendría que conseguirle una correa nueva, porque la vieja ya estaba muy gastada.

Colocó su mano izquierda alrededor del mástil y punteó sobre las cuerdas abiertas con los dedos de su mano derecha. La afinación era casi impecable. Seguramente Judge Jim había intervenido en ese aspecto. Tara sólo corrigió una cuerda que se había estirado y que producía un sonido un poco desafinado. Luego, tocó una escala menor. El sonido profundo y rico llenó el ambiente, pero las escalas menores eran muy tristes. Necesitaba alejarse de la melancolía. Un poco de *funk* iba a obrar el milagro. Sí. Eso estaba mejor. ¡Al diablo con sus padres! No era necesario que supieran que ella estaba agradecida. Pero estaba muy, muy complacida con ese bajo.

Bastante más tarde, Tara se fue del Departamento de Rock y se encaminó hacia los dormitorios. Paddock House estaba llena de ruidos, y las alumnas se saludaban alegremente e intercambiaban novedades. Pop, Lolly y Chloe estaban en su habitación, que se había convertido en un caos de bolsos a medio desempacar y armarios con puertas abiertas. Pop y Lolly eran modelos, y jamás llevaban poco equipaje. Parecía que habían traído toneladas de ropa nueva al colegio ese semestre, a pesar de que sus estantes ya estaban desbordados.

–¡Tara! –gritó Pop, mientras saludaba exageradamente con su mano, como siempre lo hacía–. ¿Dónde estuviste? ¿Por qué no desempacaste aún? ¿Ya comiste?

—No —balbuceó Tara. El arrollador entusiasmo de Pop siempre la hacía retraerse.

—¿Tuviste unas buenas vacaciones? —preguntó Chloe.

Tara se encogió de hombros.

—No estuvieron mal —replicó y, luego de colocar su bolso sobre la cama, comenzó a desempacar.

Pop se dirigió a Chloe.

—¡Nosotras también estuvimos en África! —le dijo, emocionada, mientras cerraba su baúl de un golpe—. Todo sucedió a último momento. Tikki Deacon, la supermodelo, quería algunas modelos más jóvenes para una producción fotográfica especial que estaba haciendo, ¡y solicitó que fuéramos *nosotras*!

Tara prestó mucha atención. ¿No era Tikki Deacon la persona a la que su mamá tenía que entrevistar?

—No podrás creer la seguridad que la rodeaba —dijo Lolly—. Creo que fue totalmente exagerado, pero es una figura tan importante que supongo que ella piensa que necesita mucha custodia. También vimos a tu madre —agregó Lolly, dirigiéndose a Tara—. ¡Qué coincidencia! Pregunté si estabas tú, pero dijo que estabas con tu padre. –Lolly sacudió su cabeza–. ¡Tu pobre madre! –le dijo a Tara–. Sí que trabaja mucho. Hizo todo lo que pudo para conseguir la entrevista con Tikki, pero no lo logró durante la sesión de fotos. Luego, fuimos todas a la playa por un par de días, y Tikki nos invitó. Logró la entrevista a último momento.

Tara intentaba concentrarse en ordenar la ropa que desempacaba más que en prestar atención a las mellizas, pero fue imposible. En ese momento, sí que se enfureció. ¿Por qué su mamá no le había dicho que las mellizas iban a estar allí? Era lo que siempre hacía. Debió haberse dado cuenta de que Pop y Lolly iban a tocar el tema.

–Debiste haber traído a tu papá contigo –le dijo Pop a Tara–. ¡La playa estaba genial! –sonrió.

Tara reprimió una lágrima, y se dedicó a ordenar su ropa. Pop miró de reojo a su hermana mientras fruncía el ceño por la falta de respuesta de Tara.

Lolly lo intentó de nuevo.

–Supimos que estuviste en un safari –dijo–. Eso también debió haber sido divertido.

–¡Un safari! –chilló Chloe–. ¡Qué fantástico! Lo más lejos que estuve fue en las Torres Alton. Imagínenlo –agregó con cierta tristeza–. Soy la única de esta habitación que jamás salió del país.

Tara sacó unas camisetas sucias de su bolso y las arrojó al suelo para llevarlas al cuarto de lavado.

–No sabes lo que fue –replicó con amargura–. Además –continuó, para completar los comentarios de Pop y Lolly–, mientras ustedes se divertían juntas, yo estaba sola con un enorme grupo de adultos aburridos. Si lo hubiera sabido, habría ido, sin dudas, a la costa. Pero mi mamá se divierte muchísimo más si no estoy con ella.

Las consternadas expresiones de los rostros de sus amigas hicieron enfurecer aún más a Tara.

–Viajé sola a Inglaterra –les dijo muy molesta–. Ustedes no saben cuánta suerte tienen de tener a sus familias. ¡Yo parezco una huérfana!

Lo que decía era verdad, y esa verdad conmocionó a Tara, que se mordió los labios. Pero no iba a llorar, ni en ese momento ni nunca. Llorar no era algo que hiciera Tara Fitzgerald.

3. ¿Una buena idea?

—¿Por qué tuvieron que ir hasta África para una sesión de fotos? —preguntó Chloe a las mellizas, cambiando rápidamente de tema.

—Es que a las revistas les gustan los lugares exóticos —respondió Pop—. ¡Por suerte para nosotras! Jamás habíamos estado en África.

—Aparentemente, Tikki sólo hizo esta sesión porque le permitieron elegir el lugar —agregó Lolly.

—¡Cuándo no! —refunfuñó Tara.

—Yo habría pensado eso mismo, también —dijo Lolly—. *Es posible* que Tikki Deacon actúe como si fuera la única persona importante del mundo, pero no fue así, para nada. No nos habíamos dado cuenta, pero ella contribuye a una obra de beneficencia que ayuda a niños huérfanos de África y quería hacer una visita para ver qué estaban haciendo.

—Hicimos esa sesión en su escuela —agregó Pop—. Es un internado, pero muy distinto a Rockley Park. Para empezar, porque los niños son huérfanos, y viven allí todo el tiempo. Es su hogar y su escuela al mismo tiempo. Pero los chicos eran increíbles. Todos habían vivido momentos horribles, pero fueron muy amistosos y cálidos cuando llegamos.

—Me sentí muy culpable al exhibir esa ropa carísima, mientras ellos ni siquiera tenían zapatos —repuso Lolly.

—Pero Tikki dijo que ése era el objetivo —le recordó Pop a su melliza—. Ella esperaba que el contraste hiciera pensar a la gente. Y le habían prometido un artículo y mucha publicidad sobre la escuela para acompañar las fotos.

—Ella considera que si vende ropa por ser famosa, también tendría que poder llamar la atención para cosas mucho más importantes —agregó Lolly—, como recaudar dinero para la escuela de los huérfanos. Espero que tenga razón. Esos chicos sí que necesitan mucha ayuda.

—Había un niñito llamado Nangila que no se despegó de Lolly —narró Pop—. Su padre había muerto en la guerra, y perdió a su madre y a su hermanita también, antes de que el hogar de huérfanos lo encontrara solo.

—Eso es terrible —dijo Chloe en voz baja—. No puedo imaginar cómo me sentiría si perdiera a toda mi familia.

—Lo sé —acordó Lolly—. Y lo peor de todo es que Tikki dijo que todavía hay muchos más niñitos que necesitan ayuda, pero el hogar de huérfanos no tiene suficiente espacio ni dinero para cuidar a más niños por el momento. Es más: luchan por mantener activo el lugar. Tengo algunas fotos —continuó, mientras buscaba en su bolso—. Aquí tienes. Mira.

El viaje de Pop y Lolly parecía mucho más valioso que el tiempo que Tara había pasado con cantidades de turistas ricos. Ella también quería ver las fotos.

—Veamos —dijo, y dejó de fingir que desempacaba para unirse a su grupo.

Lolly pasó las fotografías a sus amigas. Había una de Tikki Deacon, rodeada por sus asistentes y custodios, y otra de un camarógrafo que sonreía mientras le tomaban la foto. Y también había numerosas fotos de los niños.

—Todo parece caluroso y polvoriento —dijo Chloe mientras Lolly les mostraba una foto de un niño de sonrisa tímida que tomaba su mano—. ¿No es dulce? El niño tenía los pies descalzos y sucios, y vestía un par de pantaloncitos cortos que parecían demasiado grandes para su cuerpo delgado. Su camiseta estaba descolorida y gastada.

—Él es Nangila —señaló Lolly.

Tara miró fijamente la foto. El niño estaba de pie delante de un rudimentario edificio con techo de hojalata. Obviamente, necesitaba ropa y zapatos para empezar. El niño sonreía, pero cuando Tara miró sus ojos se dio cuenta de que estaban llenos de soledad. Sí, lo habían rescatado pero no tenía la mayor parte de las cosas que ella sí tenía todos los días. Tara se sentía muy sola cuando sus padres estaban lejos de ella, pero eso no era *nada* en comparación con el dolor de Nangila. Una oleada de furia la recorrió por dentro.

—Deberíamos hacer algo por esos niños —susurró.

—¡Buena idea! —se entusiasmó Pop.

—¿Qué crees que deberíamos hacer? —preguntó Chloe.

—¿Obtener dinero, enviarles cosas? —antes de que Tara respondiera, Lolly ya estaba hablando.

—Prometí enviarles copias de estas fotos cuando las hiciera imprimir —dijo—. Les encantaba que les sacaran fotos. —Luego, se encogió de hombros—. No parece mucho, pero pensé que sería de ayuda que supieran que no nos habíamos olvidado de ellos.

Tara no pudo reprimir una lágrima.

—Tienes razón —dijo, con tono fulminante—. Unas pocas fotos *no son* mucho. ¡Yo podría hacer *tanto más* que eso! Esos chicos necesitan verdadera ayuda.

Lolly se puso colorada, y Chloe miró a Tara con el ceño fruncido.

—Sí, tienes razón —dijo Lolly, tímidamente—. Tenemos tanto, y ellos no tienen casi nada. Deberíamos reunir dinero para enviarles, o hacer *algo* para ayudarlos. ¿Qué te parece que podríamos hacer, Tara?

Todos miraron a Tara.

Tara dudó. No sabía nada sobre niños huérfanos, ni sobre cómo recaudar dinero para beneficencia. Necesitaba tiempo para pensar.

—¿Se te ocurre algo? —preguntó Pop, a quien le molestaba que la dejaran sin respuesta, incluso durante un par de segundos.

—Vamos a tomar el té —dijo Tara repentinamente—. Ya es hora.

—Pero ¿qué te parece que haya que hacer? —preguntó Chloe.

—Te lo diré mientras comamos —le respondió Tara, con aire importante. Le arrebató a Lolly la fotografía de Nangila, y se dirigió hacia la puerta. A ella *tenía* que ocurrírsele un buen plan.

No esperó a las demás, sino que bajó las escaleras como un rayo, con la foto en la mano. La miró mientras se dirigía a la carrera hacia el comedor. El rostro del niño la perturbaba. ¿Qué tal si hubiera sido *ella* la de la foto, con esos harapos y los pies descalzos? ¿Cómo podría soportarlo? ¿Qué habría sucedido si *sus* padres hubieran muerto en un accidente, o algo parecido? Su deseo de verlos se transformó en un repentino dolor físico, pero intentó sepultar sus sentimientos. Claro que ellos estaban bien. De todas formas, les enviaría un mensaje de texto después de cenar, sólo para estar segura.

Miró de nuevo la foto del pequeño Nangila. Tara no debía sentir lástima por ella misma. Claro que no. Debía pensar en *él*.

4. La idea de Tara

Cuando llegaron al comedor, Tara se dirigió a su mesa habitual, inmersa en su pensamiento. Sólo tenía que ocurrírsele una idea muy inteligente para recaudar fondos, y ser capaz de ayudar a ese niño huérfano y a otros como él.

Un minuto más tarde llegaron sus amigas y Pop se abalanzó en dirección de la comida.

—¡Es tu platillo favorito! —gritó Pop a su hermana. Pero Lolly y Chloe habían visto que Danny James llegaba con algunos de sus amigos y estaban haciéndoles señas.

—Vengan a sentarse —los invitó Chloe—. Tara, ponte al medio para que puedas explicar la idea. ¿Trajiste el resto de las fotos, Lolly?

—¿De qué se trata? —preguntó Ed Henderson. Él y Ben Peters, ambos guitarristas, se sentaron.

—Tara tuvo una idea brillante —anunció Pop mientras dejaba caer su bandeja sobre la mesa y derramaba jugo por todas partes—, pero todavía no sabemos gran cosa.

—Esperen hasta que llegue la comida —dijo Danny, el baterista. Él y Mermelada Stamp, el único bailarín del grupo de amigos, fueron a buscar los platillos. Durante unos minutos, todos estuvieron muy ocupados eligiendo qué comerían y beberían, y contándose los últimos chismes de las vacaciones. Pero apenas todos se callaron, Pop le hizo una seña a Tara con la que casi derrama, de nuevo, su bebida.

—Vamos, Tara —la urgió—. Cuéntanos tu idea.

—Muéstrale las fotos —replicó Tara, mientras tosía.

Entonces, Lolly limpió lo que Pop había derramado y, luego, colocó las fotografías sobre la mesa.

—Estuvimos haciendo una sesión de fotos en África durante las vacaciones —explicó Lolly—. Los niños que están en estas fotos son huérfanos, y Tara piensa que podríamos hacer algo para ayudarlos.

—No me parece justo que nosotros tengamos tanto y que ellos no tengan nada –dijo Tara, que nuevamente se sentía enojada cuando miraba las fotos.

–Es cierto –asintió Mermelada, mientras miraba inquisitivamente a Tara–. ¿Cuál es tu idea?

–Bien... –comenzó Tara, que todavía sentía furia–. Algunos de nosotros tenemos muchísima ropa. –Miró de reojo a las mellizas–. Podríamos enviarles ropa, o juguetes, o libros... Yo no estuve allí, pero, por las fotos, se nota que no cuentan con gran cosa, y que son huérfanos. –Hizo una pausa para seguir con más firmeza–. Mis padres me regalaron un bajo nuevo para este semestre. Comenzaré vendiendo mi viejo bajo para obtener dinero para los niños.

–¡Vaya! –exclamó Ed–. Eso sí es generosidad, Tara. Yo tengo tres guitarras, ¡pero creo que no podría soportar desprenderme de *ninguna* de ellas!

Tara se encogió de hombros.

–Sólo puedes tocar una por vez –dijo–. Pero así pienso yo –se apuró a decir, cuando vio la cara de su amigo que se entristecía –. Estoy segura de que todos podemos encontrar *algo* para vender que ya no queramos.

—Tal vez también podemos hacer cosas —se le ocurrió a Chloe—. ¿Crees que la señora Pinto nos dejaría usar la cocina de nuestro edificio para hacer pasteles y venderlos?

—No soy bueno en la cocina —reconoció Mermelada—. ¡Pero podría hacer una pirueta patrocinada!

—Tú necesitas patrocinio para *no* hacerlo —le respondió Tara como para apabullarlo—. Siempre estás girando sobre una pierna y atravesándote en el camino.

—Pero un evento patrocinado *podría* funcionar —objetó Lolly.

—Supongo que sí —asintió Tara enseguida, al darse cuenta de que molestar a Mermelada no iba a reportarle ningún apoyo—. Gracias.

Mermelada, que era indomable, se extrañó al ver que Tara daba marcha atrás en su actitud.

—La señorita Fitzgerald fue amable —observó—. ¿A qué se debe eso? ¿Es que desea algo?

Tara lo miró con el ceño fruncido.

—Quiero sugerencias sensatas —le respondió, de muy mal humor.

—Pensé que todo esto era *tu* brillante idea —dijo él.

—¡Lo tengo! —gritó Pop, sin oír el último comentario, para alivio de Tara—. ¡Mermelada podría obtener un patrocinio para seguir siendo sensato todo el tiempo que sea posible!

Todos se rieron, menos Mermelada y Tara.

—¡Fue una *broma*! —le dijo Pop—. No eres el único que puede hacerlas.

—Pero esto es serio —recordó Tara, mientras miraba las fotos que estaban sobre la mesa—. Y, realmente, no creo que una venta, o un patrocinio, vaya a hacer que consigamos dinero suficiente. Incluso la venta de mi bajo no nos reportará mucho. Creo que necesitamos otra cosa para obtener dinero desde fuera de la escuela. Y *mucho* dinero —agregó con firmeza—. ¿No sería genial si pudiéramos enviar grandes cantidades de dinero? —Sostuvo la foto del pequeño de los ojos tristes—. Tal vez, el hogar de huérfanos pueda rescatar más niños como Nangila.

Todos se quedaron callados unos minutos. Luego, una idea surgió en la cabeza de Tara. Era tan buena y tan simple que se quedó con la vista perdida en el espacio.

¡Lo tengo! –dijo–. Tengo la idea perfecta.

–Ah, ¿sí? –se burló Mermelada– ¿Otra idea?

–¿De qué se trata? –preguntó Chloe.

–¿En qué somos buenos, todos nosotros? –preguntó Tara, con entusiasmo creciente.

Chloe se encogió de hombros.

–No lo sé –murmuró–. Yo soy buena en inglés...

–Y a mí me gusta biología, pero ¿de qué serviría? –agregó Lolly.

–¡No! ¡No hablo de los deberes escolares! ¿Para qué estamos *aquí*? –se impacientó Tara.

Pop gritó emocionada.

–¡Ya sé! ¡Por la música, claro!

–Exactamente –coincidió Tara–. Por la música. ¿Por qué no vender lo que mejor hacemos?

Tara había captado la atención de todos.

–Podríamos grabar unas canciones –les explicó, mientras las ideas se agolpaban en su cabeza–. Pidamos al señor Timms que las grabe y hagamos un compacto. Luego, hacemos muchas copias, le pedimos al departamento de arte que diseñe la cubierta, y los vendemos... por todas partes. —Tara se sentó nuevamente, complacida y aliviada de haber tenido una idea tan buena.

—Pero ¿quién va a comprarlos? —preguntó Ed—. Quiero decir, ¿quién los querría realmente? Podemos vender algunos entre nuestros amigos y parientes, pero eso no significará mucho dinero.

Tara lo miró impaciente.

—Entonces logremos que algunos famosos nos acompañen —le respondió—. El Señor Player era cantante pop antes de enseñar aquí lecciones de canto. Estoy segura de que muchas personas de la edad de nuestros padres lo recordarán. ¿Y qué les parece Judge Jim?

Todos asintieron con la cabeza. Pedir la ayuda del Director del Departamento de Rock era una idea muy, pero muy buena. Él era famoso mundialmente.

—¿Dónde venderemos los compactos? —preguntó Ben—. ¿Creen que podríamos llevarlos a disquerías?

—¡Por supuesto! —le respondió Tara con poca paciencia—. Sólo es preciso que nos organicemos.

—¿Y quién va a hacer todo eso? —preguntó Chloe.

—¿Todo qué? —replicó Tara.

—La organización —dijo Lolly—. Nos va a exigir mucho trabajo. Por supuesto, yo voy a ayudar, y espero que todos lo hagan. Pero alguien tiene que ser el líder.

—Obviamente, la líder será Tara —afirmó Pop—. Fue idea de ella, ¿no? ¿Cuándo vas a comenzar? —agregó, mirando a Tara.

—Sí —intervino Ben—. Tienes que decirnos cuántas canciones quieres, quién va a hacerlas, y ese tipo de cosas.

—Y tienes que pedir permiso al señor Timms para usar el estudio de grabación —agregó Ed.

—¡Ya lo sé! —contestó Tara, de mal humor.

Comenzaba a desear no haber tenido esa idea, si todos iban a molestarla por el proyecto. Además, nunca sobraba el tiempo en la Escuela Rockley Park. Cuando las clases y la tarea comenzaran a llegar, además de la preparación para los conciertos escolares habituales, sería complicado encontrar un rato libre para organizar un disco compacto de beneficencia.

—Entonces, ¿cuándo vas a ir a verlo? —insistió Ed.

Tara estaba a punto de estallar. Casi le dice a Ed que lo hiciera él mismo si estaba tan interesado. Luego, miró de reojo la foto de Nangila, otra vez, y la firmeza volvió a su alma.

—Mañana —le dijo a Ed, sin titubear—. Iré a ver al señor Timms luego del desayuno.

5. Una tarea difícil

Cuando a la mañana siguiente Tara fue al estudio, el señor Timms se encontraba en la minúscula cocina contigua.

—Necesito grabar un compacto —anunció Tara sin ningún preámbulo. El señor Timms la miró de reojo y le rogó que se apartara de su camino.

—Hay poco... espacio —murmuró, irritado.

Tara fue hacia la puerta y esperó mientras él se preparaba el café y buscaba leche fresca en la nevera.

—Ahora sí —le dijo, finalmente, aunque desvió la mirada—. Sigue hablando...

Él la siguió hasta la sala de control.

Tara había estado pocas veces allí. Miró a su alrededor con interés: la enorme consola con sus hileras de botones y comandos, y las pantallas de computadoras hacia uno de los lados. La sala estaba llena de equipamiento y sólo había espacio para un par de sillas delante de la consola. Detrás del vidrio se encontraban dos cabinas a prueba de sonidos donde los cantantes y los músicos tocaban o cantaban, y se los grababa. Si bien Tara prefería tocar antes que estudiar los detalles de la ingeniería de sonido, los estudios eran una parte vital de la industria de la música y éste era un lugar muy emocionante. Todo el mundo admiraba al señor Timms por ser un excelente ingeniero de grabación, aunque tenía todo el aspecto de ser una persona que más bien podría estar en su casa, calzado con pantuflas, que desafiando las fronteras de la tecnología de la música moderna.

El señor Timms se sentó en una silla, de la cual colgaba una chaqueta gris, y colocó su jarrito con cuidado sobre la mesa.

—¿Qué necesitas grabar? —preguntó.

—Canciones para un disco compacto de beneficencia —dijo Tara con aire importante—. Es para los niños de África. Todos vamos a participar y a grabar muchas canciones, y haremos que Judge Jim y el señor Player nos acompañen. Venderemos millones de copias. Es un proyecto importante. –Tara hizo una pausa para respirar, y esperó que el señor Timm le dijera cuándo podía grabar. Pero, en cambio, él tomó un largo sorbo de café y se quedó mirando al vacio.

–Supongo que tocaré con Danny, Ed y Ben –agregó Tara–. Todavía no decidimos qué vamos a grabar, pero pensé que debía venir aquí y contarle todo esto, para que usted...

–Entonces, ¿no es un proyecto escolar? –interrumpió el señor Timms.

–Eh, no –admitió ella–. Pero va a ser...

–No puedo hacerlo –murmuró el señor Timm.

Tara lo miró fijamente.

–Pero...

–No puedo hacerlo –repitió, mientras se hamacaba en su silla y tocaba un par de palancas de la consola de mezcla. –Todo proyecto que no sea de la escuela tiene que estar autorizado por la ... rectora. Tendrás que ver a la señora Sharkey.

Esas frases a media voz de su maestro estaban poniendo muy nerviosa a Tara. Y, peor aún, él estaba fingiendo que ella no estaba allí, esperando que se fuera. Pero Tara no estaba preparada para dejar la conversación a la mitad. Se puso de pie y cruzó sus brazos.

—Entonces, usted colaborará cuando la señora Sharkey esté de acuerdo, ¿verdad? —preguntó.

El señor Timms hizo girar su silla hasta enfrentar a Tara. —Cada tanto, alguien tiene una idea parecida a la tuya —le respondió—. El entusiasmo les dura cinco minutos. Cuando se dan cuenta de cuánto esfuerzo exige, pierden el interés. —El señor Timms la miró con intensidad—. ¿Tú eres... la líder? —preguntó.

Tara afirmó con la cabeza, decidida.

—Entonces, necesitarás mucha... ayuda —le dijo.

—Y usted, ¿nos *ayudará*?

—No nos hagas desperdiciar tiempo de grabación —le dijo a Tara. Ella estuvo a punto de protestar, pero el señor Timms no había finalizado—. Haz que todos lleguen a la hora acordada... no permitas que hagan tonterías... mantén el control. Será la única forma...

Pero Tara ya no lo escuchaba.

—¡Gracias! —le dijo, mientras se dirigía hacia la puerta—. ¡Volveré!

Tara tuvo que esperar hasta que terminaran las clases del día, a la hora del almuerzo, antes de poder ir a ver a la señora Sharkey.

—Lo siento, querida —le respondió la secretaria de la rectora—. La señora Sharkey no está hoy. Te daré una cita para que la veas mañana.

Tara tuvo que tragarse la decepción, pero no quería dejar que su idea fracasara. Esa noche, luego de haber completado toda la tarea, Chloe la encontró en la computadora de la casa.

—¿Qué haces? —le preguntó Chloe.

—Busqué la obra de beneficencia de Tikki Deacon en Internet —le explicó Tara—. Y está todo allí. La escuela donde hicieron la sesión de fotos sólo puede cuidar a cincuenta niños, y según este informe, hay *miles* que necesitan la misma ayuda. La cuestión es que no hay suficiente dinero para eso. Además, esa escuela necesita *mucho* más dinero con urgencia, o podría cerrar.

—Eso es terrible —dijo Chloe—. Pero no cerrará ahora, con la ayuda de Tikki Deacon, ¿no?

—No lo sé —le respondió Tara—. Según mi experiencia, los adultos son expertos en decepcionar niños. ¿Quién sabe? Tal vez los respalde durante unas semanas y luego se dedique a otra cosa. Pero esa escuela necesita ayuda todo el tiempo. –Tara se detuvo un momento a pensar y luego, miró a Chloe–. Cuando vea a la señora Sharkey mañana, le preguntaré si podemos apadrinar esa escuela, y ocuparnos de que siga funcionando.

–¡Es una idea brillante! –se admiró Chloe.

Antes de reunirse con la señora Sharkey, Tara pidió a un empleado que hiciera una fotocopia ampliada de la fotografía que tanto la había conmovido, y además imprimió una cantidad de información sobre la obra de beneficencia que administraba la escuela africana. Desde su conversación con el señor Timms, Tara había logrado organizar mucho mejor sus pensamientos. Pero, aún así, estaba muy nerviosa cuando la secretaria la hizo pasar a la oficina de la rectora.

La señora Sharkey estaba sentada detrás de un enorme y brillante escritorio de madera, enfundada en uno de sus alarmantes trajecitos de lanilla.

Tara tomó la fotografía ampliada y la información de debajo de su brazo, y los colocó sobre el escritorio, mientras miraba a la rectora.

–Queremos producir un disco compacto de beneficencia, para ayudar a este niño y a otros como él –explicó Tara, al tiempo que intentaba mantener su voz firme–. Es posible que su escuela cierre si no obtienen más ayuda, y ninguno de estos chicos tiene padres. Ellos *viven* allí. Esa escuela es su *hogar*.

–Es muy bueno que te preocupes por su situación –reconoció la señora Sharkey–. ¿Cómo supiste de la existencia de esta escuela?

Tara explicó todo acerca de la sesión de fotos de Pop y Lolly y, luego, le mostró a la señora Sharkey todo el material que había bajado del sitio de Internet sobre la obra de beneficencia.

–Están luchando por no cerrar –dijo Tara, ardiendo de indignación– ¿Qué sucederá con Nangila si la escuela tiene que cerrar?

–Veo que esta cuestión te entusiasma –dijo la señora Sharkey–. ¿Eres la única con estas inquietudes, o hay otros que quieran participar?

–Muchísimas personas quieren ayudar –aclaró Tara–. Pero yo soy la líder.

–Entiendo –respondió la señora Sharkey, mientras miraba a Tara– ¿Te das cuenta de cuánto trabajo insumiría esto de producir un disco compacto? –le preguntó. Pero antes de que Tara pudiera responder, la señora Sharkey habló nuevamente—. No es sólo todo el tiempo que lleva la grabación de las canciones —le dijo—. Se necesita mucho trabajo administrativo para un proyecto como éste. Nada más anotar los pedidos de los estudiantes y sus familias, y recaudar el dinero, lleva mucho tiempo.

Tara se apuró a responder.

—No importa. Esto es *importante.*

La señora Sharkey asintió con la cabeza.

—Sí, tienes razón —contestó—. Todos los niños *son* importantes, sean quienes sean y vivan donde vivan. Me complace ver que tienes tanto interés por el bienestar de los demás. Pero mi trabajo es el de preocuparme por *tu* bienestar, y me pregunto si producir un disco compacto no es *demasiado* ambicioso. Recuerda: tenemos previsto un concierto escolar para la mitad del semestre. Los alumnos querrán concentrarse en él porque los calificarán por eso. Luego, tenemos el concierto televisado de Estrellas del mañana, al final del semestre, para los afortunados que se encuentren entre los mejores intérpretes. Tú elegiste el semestre con más ocupaciones de todo el año.

—Lo sé —replicó Tara—. Pero Judge Jim me dijo que no me presentara para el concierto de Estrellas del mañana esta vez. Quiere que me concentre en mi técnica un tiempo más. —Tara miró muy seria a la rectora—. Eso significa que puedo hacer sin problemas la mayor parte del trabajo necesario para el disco compacto.

La señora Sharkey sacudió su cabeza.

—De todas formas, sigue siendo muchísimo trabajo para una sola persona —insistió—. Y, también, debemos tener en cuenta a los demás alumnos. ¿Por qué no hacer una colecta en la escuela? Si esa obra de beneficencia es buena, hasta te daría permiso para que pidas a los padres que contribuyan cuando vengan a ver el concierto de mitad de semestre. De esa forma, no quitarías demasiado tiempo a tus estudios y estarías ayudando a lo que parece ser una buena causa.

Tara miró fijamente a la Rectora.

—¡Pero con eso no obtendremos suficiente dinero! —objetó—. Con un compacto puede recaudarse muchísimo dinero.

La señora Sharkey sonrió con pena a Tara.

—Creo que tienes una idea un poco exagerada de cuánto dinero se recauda con un disco compacto –dijo–. Todos ustedes son muy talentosos, pero no son artistas de circuito todavía. Como máximo, podrían esperar venderlo entre amigos y conocidos. Y no quedará mucho dinero luego de pagar el costo de la copia de los compactos. En realidad, no quedará mucho más que si haces una colecta.

–De todas formas, me gustaría intentarlo –repuso Tara, sin ceder.

–Lo sé –dijo la señora Sharkey al ver la expresión del rostro de Tara–. Crees que te pongo obstáculos deliberadamente, pero muchas veces antes vinieron a verme alumnos con ideas parecidas a las tuyas, y todos fracasaron.

La boca de Tara se torció con una mueca.

–Pero yo no voy a fracasar –le dijo a la Rectora.

La señora Sharkey sonrió.

–Ésa es la actitud adecuada para triunfar –le dijo–. Pero no puedo permitir seguir con tu plan con la esperanza de que todo salga bien. Te diré qué haremos –le propuso mientras Tara protestaba de nuevo–. Déjame la información sobre la obra de beneficencia y le daré un vistazo a fondo. Para serte franca, yo ya había estado pensando en que nuestra escuela debía apadrinar otra, en un área desfavorecida.

—¡Yo estaba a punto de pedirle que apadrináramos la escuela! —intervino Tara.

La señora Sharkey levantó su mano, pidiendo silencio.

—Además —prosiguió—, si vienes con una lista bien planeada de, digamos, un mínimo de veinte temas, y los nombres de los alumnos que están de acuerdo en interpretarlos para el compacto, pensaré seriamente en darte permiso para hacerlo. Pero te adelanto: será mucho trabajo, y cuando te detengas a pensarlo, tal vez te des cuenta de que no puedes dedicarle tanto tiempo. Sin embargo, te felicito por haber pensado todo esto —concluyó la señora Sharkey, mientras le devolvía la fotografía.

Tara tomó la foto y se fue de la oficina muy decidida.

La señora Sharkey no puede tener razón, pensó Tara mientras bajaba las escaleras. *Tengo que ser capaz de obtener más dinero con un compacto que con una simple colec-*

ta. Sé que puedo encontrar veinte canciones y personas que las canten. ¡Y voy a empezar ya mismo!

6. Un período difícil

Tara entró muy entusiasmada al comedor. Había estado con la señora Sharkey durante un buen rato, así que, para cuando eligió su almuerzo y se sentó en su mesa, sólo quedaban Danny y Mermelada.

—¿Dónde están todos? —preguntó, decepcionada por no ver la mesa llena de gente que escuchara lo que tenía para decir.

—Creo que las chicas volvieron a la casa —le dijo Danny—. Ed y Ben están afuera, hablando de guitarras, como siempre.

—Ah, bueno. Entonces, hablaré con ellos más tarde —respondió Tara, mientras comía su ensalada de queso—. Ustedes serán los primeros en darme su palabra.

—¿Qué palabra? —preguntó Mermelada, con cierta duda—. Me parece que lo que dices no me gusta.

–No hay problema –lo tranquilizó Tara–. Sólo necesito algunos temas y artistas para mi disco compacto de beneficencia, y necesito que me asegures que tú cantarás uno de los temas.

–Yo soy bailarín, Tara –le recordó Mermelada.

–Ya lo *sé* –respondió ella–. Pero también cantas. Consigue unos amigos que te ayuden si no quieres cantar tú solo. Firma aquí. –Tara abrió un libro de ejercicios y le ofreció su lapicera.

–Yo firmo, Tara –se ofreció Danny–. Tú me conoces. Siempre estoy dispuesto a hacer música. Sólo dime cuál es el tema, y tocaré la batería para ti.

–¡Gracias! –Tara estaba complacida. Sólo había insistido cinco minutos y ya había logrado la adhesión de las dos primeras personas a las que les había preguntado. Eso iba a ser muy fácil. Pronto elegiría los temas y, entonces, la señora Sharkey *tendría* que darle el visto bueno.

Pero a medida que avanzó la tarde, quedó claro que no iba a ser tan simple. Si bien Ben y Ed estaban felices de sumarse a la ayuda, hubo malas noticias cuando Tara regresó a su habitación, al final del día.

—Acabamos de tener una lección de canto, y el señor Player nos dijo que no podemos hacer *nada* que nos distraiga de la preparación para el concierto Estrellas del mañana —dijo Pop—. Si queremos tener una buena oportunidad de cantar en Estrellas del mañana, necesitamos todos los puntos que podamos obtener, y el concierto de mediados de semestre es *vital* para eso.

—Es terrible —se lamentó Lolly, que en verdad lo sentía—. Yo quería ayudar. Debe haber algo que pueda hacer.

—Sólo si el señor Player no se entera —le advirtió Pop—. ¡Él dijo que debíamos practicar las veinticuatro horas del día!

—¡No puede decirlo *en serio*! —dijo Tara.

—Tal vez lo mejor sea que espere hasta tener mi lección con el señor Player antes de ofrecerme para cantar en tu compacto —agregó Chloe, que parecía preocupada.

Tara se arrojó sobre su cama y frunció el ceño. Se dio cuenta de que los puntos para Estrellas y los conciertos iban a ser un verdadero problema.

A lo largo del año, a los alumnos se les otorgaban puntos de Estrellas del mañana por su avance en las clases de música y por sus interpretaciones en conciertos, y el semestre próximo era la última oportunidad para que los alumnos ganaran más puntos. Luego, se tomaría una decisión final sobre quién actuaría en el importantísimo concierto de Estrellas del mañana. La televisión local siempre grababa este concierto, que contaba con un público invitado de conocidas personalidades de la industria de la música, y sólo tenía lugar una vez al año. No sólo era muy emocionante ver el concierto en la televisión local sino que, además, algunos estudiantes habían obtenido contratos con empresas discográficas luego de esa presentación. Sólo los estudiantes más destacados serían elegidos para actuar, y todos estaban desesperados por ser parte de ese evento.

—¿No podemos hacer el compacto de beneficencia el semestre *que viene*? —sugirió Pop—. De verdad, quiero participar. Piensa esto: si no te hubiéramos dicho nada de la escuelita, jamás te habrías enterado de la existencia de Nangila.

—Pero es preciso que los ayudemos *ahora* —objetó Tara—. En el sitio de Internet se dice que la escuela podría cerrar si no reúnen más dinero. Los niños no pueden estar solos y desvalidos hasta que tú obtengas tus preciosos puntos.

—Es cierto —coincidió Lolly con tristeza—. Pero el señor Player se pondrá *furioso* si se da cuenta de que no hicimos caso de lo que nos ordenó.

Tara salió de la habitación dando grandes zancadas y bajó las escaleras. Estaba demasiado enojada y molesta como para quedarse con las demás. Quería culpar a sus amigos por no acompañarla de inmediato en la idea del disco compacto, pero en su interior los entendía... aunque eso significara que ella debía redoblar los esfuerzos para conseguir el dinero destinado a la escuela de Nangila.

Por puro impulso, sacó su teléfono celular del bolsillo y comenzó a escribir un mensaje de texto. Su mamá estaba enterada de los procesos para recaudar fondos para obras de beneficencia, dado que ella siempre escribía noticias para su revista sobre eventos muy lujosos con fines de caridad. Tal vez ella podía darle alguna idea para hacer funcionar su plan de grabar el compacto. *¿Cómo haces para obtener el apoyo de muchísima gente* *para una obra de beneficencia?* le escribió en el mensaje. *¡Ayúdame! Necesito saberlo urgentemente, para algo que deseo hacer.* Luego, presionó el botón de enviar y rogó recibir una respuesta útil.

Tara había comenzado a calmarse, así que volvió a su cuarto. Tomó la foto ampliada de Nangila y Lolly, y la colgó sobre la cabecera de su cama, como recordatorio de que no debía bajar los brazos.

Era demasiado tarde para ir al Departamento de Rock, pero Tara estaba inquieta. Quería hacer algo por su causa *en ese mismo momento.* Tomó un anotador y un lápiz, y se arrojó a los pies de la cama. Intentaría componer una canción para Nangila. A ella le encantaba escribir canciones. Todo su enojo y su deseo de ayudar a los niños huérfanos podría sintetizarse en esa página. Tal vez, si era lo bastante buena, podría ser una de las canciones del compacto.

Tara giró y quedó acostada boca arriba. Miró la foto de la pared. Eran los ojos de Nangila los que la atrapaban cada vez.

Ojos... cielos... Garabateaba con su lápiz, mientras el anotador descansaba sobre sus rodillas elevadas. *Mentiras... moscas.* ¿Qué más? *Dolor... ganar... cadena.* Rodó hacia el frente de nuevo, y se concentró más.

Dolor en sus ojos, escribió. No, no estaba bien. *Dolor en tus ojos*. Mejor. Garabateó furiosamente y tachaba lo que escribía. En unos minutos, tenía el comienzo de una letra que sí le gustaba. La escribió de nuevo, y la leyó en voz alta.

No me mientas.

Veo el dolor en tus ojos.

Sí. Eso estaba bien. En su cabeza, lograba oír una introducción dramática, cansina, rítmica, para esa canción que interpretaría en su bajo. Los dedos de su mano izquierda se movieron por las cuerdas imaginarias, y casi podía sentirlos en el pulido mástil de su hermoso nuevo bajo.

Veo el dolor en tus ojos, le susurró a Nangila, para tranquilizarlo. *Y por difícil que sea, voy a ayudarte a que estés a salvo en tu escuela. Te lo prometo.*

7. La canción de Tara

En Rockley Park, los alumnos tenían clases los sábados por la mañana y deportes por la tarde. Pero los domingos eran para descansar.

—¿Qué estás haciendo, Tara? —preguntó Chloe mientras descansaban en la habitación, luego del almuerzo del domingo—. No será tarea, ¿verdad?

Tara levantó la vista de su anotador y sonrió. Se sentía muy feliz ese día.

—Es una canción que estoy escribiendo —explicó—. Iré al Departamento de Rock dentro de un rato, para ensayarla.

—¿De qué trata? —preguntó Chloe—. Pareces haber trabajado mucho en eso.

Tara asintió con la cabeza. —Sí, pero creo que va a valer la pena. Es acerca de él. —Y señaló la foto de la pared, sobre la cama–. Si la canción es buena, la incluiré en el compacto de beneficencia. Todavía tengo que preguntarle a Judge Jim si va a intervenir en alguna canción –agregó Tara–. Si tengo suerte, es posible que lo vea esta tarde.

Por lo general, había una película para ver los domingos a la tarde, y siempre era alguna que a todos les encantaba. Pero Tara no estaba interesada en eso. Luego de tomar un sorbo de té a las apuradas, se dirigió al Departamento de Rock. Todos sus compañeros estarían mirando la película, así que tendría todo el lugar para ella sola.

Cuando abrió la puerta del edificio, oyó que todavía había un par de personas en el recinto principal. Resopló, enojada. No había dudas: era el característico lamento de la guitarra de Ed. Él y Ben estaban improvisando. ¿Se habían olvidado del té?

Tara *pudo* haber llevado su Rickenbacker a una de las salas contiguas más pequeñas. Pero no quería tocar encerrada en un espacio reducido y, además, siempre le gustaba salirse con la suya.

–¡Hora del té! –le gritó a los dos muchachos, que estaban tocando rock juntos. Ben asintió con la cabeza, y siguió tocando. Ed ni siquiera notó la presencia de Tara.

Tara, decidida, se dirigió hacia los dos muchachos, y les desconectó las guitarras. Reinó el silencio. Pero no por mucho tiempo.

—¡Oye!

—¿Por qué hiciste *eso*?

Ed colocó la guitarra sobre el soporte y quiso tomar el cable. Tara se alejó de él, mientras lo sostenía.

—Ten cuidado —le advirtió Ben—. Todavía está conectado a su guitarra. —Rápidamente, él desconectó su propia guitarra y la apoyó sobre el piso. —¿Qué sucede, Tara?

Tara le entregó el cable a Ed.

—Es hora del té —repitió—. Si no se apuran, van a perdérselo.

Ben señaló unas bolsas vacías de papas fritas y botellas de gaseosa en una silla cercana.

—No queremos té —le dijo Ben—. Fuimos a la tienda de golosinas ayer y nos aprovisionamos.

—Pero la película está a punto de comenzar —objetó Tara.

—¿Por qué, de repente, te preocupas tanto

por nosotros? –preguntó Ed–. No queremos mirar la película de esta semana. Es para mujeres. No nos interesa.

–Sí –asintió Ben–. Nos estamos divirtiendo mucho aquí. Si quieres tocar, ¿por qué no te quedas con nosotros? Podríamos hacerte lugar para que toques tu nuevo bajo. No tenías que desconectarnos.

–No quiero improvisar –les dijo Tara–. Quiero perfeccionar algo.

–Entonces, ve y usa una de las salas de ensayo. Para eso están –respondió Ed.

Tara tuvo ganas de golpear el piso con el pie. Pero eso no la llevaría a ninguna parte. Sus compañeros estaban en todo su derecho de estar allí.

Estaba pensando una razón convincente para que accedieran a sus razonables exigencias cuando alguien golpeó la puerta. El corazón de Tara dio un brinco. ¡*Otra persona* llegaba! ¿Es que *nadie* quería ver la película?

Era Danny, con los palillos de batería en la mano.

–No me perdí nada, ¿verdad? –le preguntó a Tara–. Chloe dijo que estarías ensayando tu canción todo el día y Mermelada me dijo que todos vendrían aquí. ¿Cómo marcha todo? –Hizo una pausa, al ver las caras desconcertadas.

–Cómo marcha ¿qué? –preguntó Ben.

–La canción para el compacto de beneficencia –dijo Danny, que comenzaba a sentirse desconcertado él mismo–. ¿No es por eso que están todos aquí? Te dije que colaboraría con el compacto, Tara.

–Y lo hiciste –replicó Tara–. Pero no le pedí a ninguno de ustedes que viniera *hoy*. –Tara miró a Danny con cierta vergüenza–. Iba a ensayar algo que escribí. Tal vez, ni siquiera sea bueno.

–Lo lamento –Danny sentía vergüenza.

–*No me dijiste nada* acerca de tu canción –dijo Ed, con tono acusatorio.

–Ni a mí –agregó Ben–. Veamos qué es lo que tienes.

–Bien... –Tara sacó su anotador del bolsillo–. Tengo sólo un par de estrofas, y una idea para la introducción con bajo.

Colocó los paquetes de papas fritas sobre el piso y dejó el anotador sobre la silla.

–*Ojos solitarios* –leyó Danny sobre el

hombro de Tara—. Me gusta. ¿Vas a usar eso como gancho, como el título?

—Creo que sí —asintió Tara—. Pero suena como una balada, y no quiero eso. Quiero que, en general, sea una canción dura, como deben ser esos niños. Tiene que ser un rock.

Ben enchufó su guitarra de nuevo, y tocó un perturbador *riff* en las notas agudas. Luego, se detuvo.

—Lo compuse durante nuestra última lección de composición —le dijo a Tara—. Pero aún no tengo la letra que vaya con eso. Si te gusta, podrías usarlo como puente entre los pares de estrofas, para darle un cambio de ánimo.

Ben lo tocó de nuevo.

Tara se dirigió a su bajo y lo conectó. El *riff* de Ben *podría* ser un gran puente. Y si ella modificaba un poco su introducción, podría repetirla luego de haber tocado el puente. En ese momento, sólo necesitaba una melodía potente para las estrofas.

—Comencemos a tocar —sugirió—. Yo tocaré mi introducción y, luego, vemos a dónde nos lleva.

Danny comenzó directamente con un ritmo muy pegadizo. Enseguida, los dos guitarristas y Tara, con su bajo, lo desarrollaron hasta hacerlo un rock clásico.

—¿Necesitamos estribillo? —preguntó Ed en cierto punto.

—Creo que no —respondió Tara—. Podemos repetir el gancho, *ojos solitarios, dolor en tus ojos*, al comienzo, al final de cada estrofa y luego del puente de Ben. Eso es el único estribillo que necesitamos, en realidad.

El tiempo pasó rápidamente y los amigos estaban tan concentrados, que cuando la puerta se abrió nuevamente, nadie se dio cuenta. Judge Jim había llegado para cerrar, pero esperó hasta que hubieron tocado la canción hasta el final. Cuando terminaron, aplaudió a rabiar.

—Muy bien —los alentó, mientras sonreía—. Es una canción buenísima. Me encanta el contraste entre las estrofas y el puente. —Judge Jim se dirigió al piano y repitió allí la melodía con su mano derecha—. ¿Pensaron en una armonía de voces para el puente?

—No —dijo Tara.

—Podrían considerarlo. Tu voz armoniza bien con la de Ed, Tara. —Judge Jim tocó unas notas más—. Algo así, tal vez. Esto la haría mucho más conmovedora luego de esa poderosa melodía que están usando para las estrofas. —Miró su reloj y sacudió la cabeza.

—Tienen que terminar por hoy. Lo siento, pero ya deberían estar en sus casas. No querrán meterse en problemas por llegar tarde.

—¡Vaya! ¿Ya es la hora? —dijo Ben—. No tenía idea.

—Será mejor que nos vayamos —sugirió Ed—. Gracias, Tara —agregó—. La canción es genial.

—Felicitaciones, Tara —dijo Ben, mientras desconectaba su guitarra y la guardaba.

—Te veré en la mañana —dijo Danny, mientras los jóvenes se dirigían hacia la puerta.

Tara hizo pasar la correa del bajo sobre su cabeza y colocó con mucho cuidado su Rickenbacker en el soporte. La euforia de esa tarde llegaba lentamente a su fin y ella se sentía inexplicablemente triste.

—¿Conoces a alguien que quiera comprar mi viejo bajo? —le preguntó a Judge Jim, al recordar su promesa de venderlo.

Judge Jim la miró sorprendido.

—¿No quieres quedártelo? —le preguntó—.

Con él aprendiste a tocar, ¿verdad?

—Sí, pero sólo puedo tocar un bajo por vez —le respondió.

Él la miró con curiosidad, pero no presentó objeciones.

—Veré qué puedo hacer —dijo—. Espera un momento —agregó mientras ella se dirigía a la puerta—. Mi automóvil está aparcado cerca de Paddock House. Caminaré hasta allí contigo.

Tara se encogió de hombros, pero esperó mientras Judge Jim apagaba las luces y trababa la puerta. El Departamento de Rock tenía un edificio propio, situado a un costado de Rockley Park House, y por eso había que caminar un buen trecho para llegar hasta la casa donde vivía Tara. Judge Jim vivía en el pueblo cercano.

Mientras caminaban, Judge Jim le habló sobre la canción y elogió la forma en que los amigos habían trabajado en ella todos juntos. Casi habían llegado a Paddock House cuando él hizo una pausa y miró preocupado a Tara.

—Me parece que tocabas esa canción desde tu alma —le dijo. No parecía esperar una respuesta. Además, Tara estaba demasiado triste como para responder. —A veces, tocar música nos levanta el ánimo —continuó Judge Jim—. Y, a veces, cuando termina, le queda a uno una sensación de vacío. Tú diste a esa canción todo lo que tienes —le dijo—. Y es una canción triste. El puente realmente toca el corazón, y la cantaste e interpretaste brillantemente.

Tara asintió con la cabeza, en agradecimiento a tantos cumplidos, pero no podía hablar. En cierta forma, Judge Jim había reconocido exactamente cómo se sentía.

—Eres una verdadera artista, Tara —le dijo Judge Jim suavemente—. Considero que ya estás bien encaminada para presentarte en Estrellas del mañana el año que viene, si sigues produciendo obras de esta calidad. Tu padre debe estar muy orgulloso.

—¡Él jamás me oye tocar! —fue su explosiva respuesta, a pesar de ella—. No le importa lo que yo haga. —Su voz se quebró y se mordió el labio.

Judge Jim la tomó por el hombro y le dijo. —Él es músico. Sé que es difícil, pero él tiene que seguir su estrella, como tú. Utiliza esa emoción. Haz que te sea útil, como lo fue esta noche.

Tara volvió a asentir, pero estaba demasiado emocionada para responder.

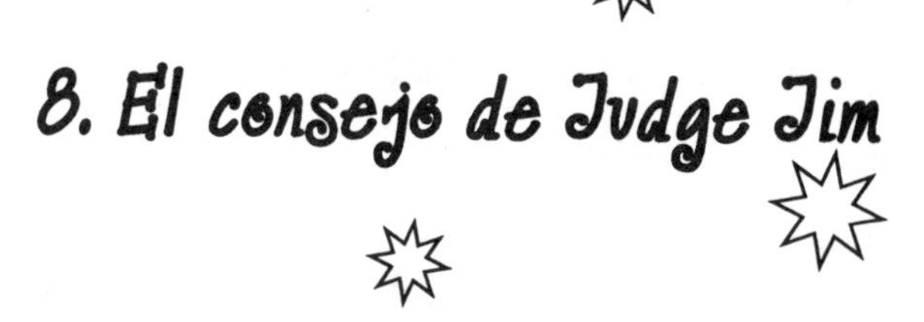

8. El consejo de Judge Jim

Tara no podía permitirse quedar presa de la melancolía porque quería cumplir su promesa de ayudar a Nangila y a sus amigos. Entonces, la tarde siguiente decidió que era hora de reunir todo su coraje para pedir a Judge Jim que grabara un tema para su disco compacto.

Se dirigió al Departamento de Rock y golpeó la puerta de la oficina de Judge Jim. Cuando él respondió al llamado, Tara se dio cuenta de que él estaba en medio de su interminable trabajo administrativo. Pero Judge Jim hizo a un lado los papeles con bastante alivio y le sonrió. Era una buena señal.

—Hola, Tara —la saludó—. ¿Cómo estás? Todavía no tengo un comprador para tu bajo, pero veré a una persona mañana que podría arrebatártelo de las manos.

—Gracias —respondió ella—. Pero no vine a verte por esto. Quiero pedirte tu ayuda. Se trata de un disco compacto que quiero producir, para una obra de beneficencia.

Judge Jim asintió.

—Entiendo. ¿Por eso quieres vender tu bajo? ¿Para obtener dinero y donarlo?

—Sí —admitió Tara.

—¿Qué clase de ayuda deseas? —preguntó—. ¿Y para qué es? ¿Ya le preguntaste a la señora Sharkey?

—Sí, ya fui a verla —respondió Tara. Ella le explicó todo sobre los niños, y la escuela que podría cerrar.

—Es una muy buena idea, si puedes concretarla —la alentó Judge Jim—. Los discos compactos para beneficencia y los conciertos son una forma genial con la cual la comunidad musical puede ayudar.

¡Eran buenas noticias! Tara respiró profundamente. —Yo quiero saber —continuó—, si quieres, o puedes, o tienes tiempo para tocar en el compacto...

Judge Jim batió su mano en un gesto despectivo.

—Es mejor hacer el concierto primero —le aconsejó—. Luego, puedes grabarlo en vivo, y podrás vender el compacto a los que actuaron, a los que asistieron y a los que no pudieron asistir. Eso es mucho mejor que hacer el compacto solo.

—¡Pero no puedo organizar un concierto! —protestó Tara—. Ya hay un concierto a mediados de semestre, y el de Estrellas del mañana, al final del semestre ¡No hay tiempo para otro!

Judge Jim la miró, perplejo.

—Me sorprende que digas eso, Tara. No estás pensando con claridad. Estoy seguro de que la señora Sharkey aprobaría que aprovecharas el concierto de mitad de semestre para recaudar fondos de beneficencia. Con sólo colocar un par de alcancías cuando los padres salgan de allí te sorprenderías del dinero obtenido.

Tara suspiró. —Eso es lo que dijo la señora Sharkey —admitió.

—¡Te lo dije! —se alegró Judge Jim.

—Pero pensé que con un compacto recaudaríamos más —dijo Tara.

—Por sí solos, los compactos de beneficencia pueden ser un intento fallido —le dijo Judge Jim—. Pero si le pides al señor Timms que grabe el concierto de mitad de semestre y luego vendes el compacto como te digo, como un recuerdo, estoy seguro de que te irá muy bien. ¡Yo compraré uno!

—¡Gracias! —dijo Tara, y la sonrisa le cambió su habitual gesto serio. La conversación no estaba tomando el giro que ella había deseado, pero Judge Jim le había mostrado todas las ventajas del asunto: un concierto para recaudar fondos *además* del disco compacto. Con ambas cosas, seguramente iba a lograr obtener *muchísimo* dinero para la escuela de Nangila.

De regreso a su dormitorio, sonó el teléfono de Tara. Era un mensaje de su mamá.

Tu proyecto parece interesante, decía el texto. *Pero los eventos de beneficencia necesitan mucha publicidad para que sean muchos los que asistan. Asegurado eso, todo debería marchar sobre ruedas.*

Tara se sentó sobre una pared baja y frotó sus zapatillas contra la grava del camino mientras respondía.

¿Vendrían papá y tú?, escribió. *Será el concierto de mitad de semestre.* La respuesta no se hizo esperar. Su mamá debía estar en algún momento libre.

Le preguntaré a papá, decía el mensaje. *Pero no estés segura de que podamos ir. Tengo la agenda completa para entonces. Pero te deseo buena suerte, querida. Estaremos pensando en ti.*

–¡Sí, claro! –murmuró Tara, mientras estampaba su pie sobre el piso–. ¡Siempre sucede lo mismo! Nada de lo que hago significa *nada* para ellos.

9. Otra buena idea

Pero Tara no iba a permitir que la respuesta de su madre la entristeciera. Necesitaba mantenerse firme en su proyecto. Tendría que ir a ver al señor Timms nuevamente para pedirle si podía grabar el concierto para ella, y luego tendría que decidir qué tipo de publicidad sería la mejor para ayudar a que la recaudación del concierto fuera lo más alta posible.

—¡Hola, Tara! —Tara levantó la vista. Era Danny—. ¿Estás bien? —le preguntó.

Tara afirmó con la cabeza.

—Sólo pensaba en lo que dijo Judge Jim sobre el concierto de beneficencia para la escuela de Nangila.

Danny se sentó a su lado.

—¿Y qué te dijo?

—Me sugirió que obtuviéramos el dinero con el concierto de mitad de semestre y que grabáramos el concierto en compacto para venderlo después, y así recaudar más dinero.

Danny repiqueteó los palillos sobre la pared.

—¡Buena idea! —dijo.

—Claro que sí. Y si incluimos una buena cantidad de personas, ellos traerán a sus amigos y eso lo convertiría en mucho más que un evento de beneficencia.

—Pero todos nosotros vamos a estar incluidos si es el concierto de mitad de semestre —afirmó Danny.

—Lo sé —dijo Tara—. Pero también están los profesores. Voy a preguntarles *a ellos* si quieren participar. Sería genial que Judge Jim, tu profesor de batería y un par de personas más tocaran juntas.

—¡Claro que sí! —gritó Danny, entusiasmado—. ¿Quiénes más podrían ayudar? —Se inclinó hacia adelante y removió los guijarros con uno de los palillos de batería mientras pensaba—. Tenemos a Mavis, de la cocina —dijo, un poco en broma—. Ella siempre está cantando, ¿no?

—En realidad, es muy buena —dijo Tara—. Yo no llego ni a la mitad de las notas que ella canta. —Se inclinó y tomó el brazo de Danny—. Preguntarle a Mavis es una buena idea —dijo Tara—. ¿Qué te parece si hago que todo el personal participe? Todos podrían hacer algo, si desean. Seguiría siendo el concierto estudiantil de mitad de semestre, pero si tuviéramos más personas lo haría diferente y haría que más personas compraran el compacto. —Soltó el brazo de Danny y se levantó.

—Ésa es una noticia que le va a interesar al periódico local —agregó Tara pensando en la publicidad que su mamá había dicho que iban a necesitar—. *Todos* los que integran Rockley Park trabajarán juntos para ayudar a la escuela de África. Y si vienen muchas personas, invitarán a todos *sus* amigos y conocidos al concierto. Y, como dijo Judge Jim, podremos reunir donaciones durante toda la noche.

—Vi que el semestre pasado el señor Fallon entraba en una sala de ensayos con una cinta de Elvis —dijo Danny a Tara—. ¿Estará interesado en participar?

—¡Preguntémosle! —exclamó Tara—. Y también a cualquier otra persona que te parezca apropiada. Por supuesto, van a tener que hacer una audición. Tal vez Judge Jim nos ayude con eso. Mientras tanto, yo le voy a enviar un correo electrónico al periódico local para informarle.

—Le preguntaré al señor Fallon y al resto de los profesores —se ofreció Danny.

—Yo voy a la oficina de administración —contestó Tara—. A la hora de la cena, podemos preguntar al personal de la cocina. ¡No tardes!

Para la hora de la cena, Tara había descubierto que uno de los miembros del personal de la oficina tocaba la guitarra y otros dos pertenecían a un coro en el pueblo. Cuando Tara se fue de la oficina se estaban dando ánimos uno al otro, y le prometieron se presentarían a una audición para tocar un tema. Además, les pedirían a todos sus amigos que asistieran y ayudaron a recaudar dinero para la escuela de Nangila. Fue muy útil que Tara llevara la foto del niño. Todo el personal recordaba esa foto y estaban interesados en su historia. Además, Tara había ido a ver al señor Timms, que había estado de acuerdo en grabar el concierto para el compacto de beneficencia. Llegó al comedor muy entusiasmada.

—¡Dave Fallon dijo que *sí*! —le dijo Danny, con una sonrisa.

—¿Qué están haciendo? —preguntó Mermelada con curiosidad.

—Estamos tratando de ayudar a huérfanos africanos —dijo Tara—. Todo comienza a encajar. Voy a aprovechar el concierto de mitad de semestre para obtener fondos para beneficencia. Habrá algunas actuaciones adicionales del personal administrativo y de la cocina, así atraeremos a sus amigos y conocidos. El señor Timms va a grabarlo y yo voy a vender el compacto después. ¡Va a estar genial!

—¡Fantástico! —dijo Lolly—. Eso soluciona las objeciones del señor Player. Ahora no va a poder quejarse de que no estamos concentrándonos en obtener puntos para Estrellas del mañana.

—Además yo querría que tú diseñaras un póster —dijo Tara—. Tú y Pop tienen buena mano para el arte, y vamos a necesitar poner pósters en todo el pueblo y enviar algunos a nuestros padres.

Pop levantó sus manos. —Lo siento —le dijo—. Me encantará ayudarte con alguna canción, pero no voy a colaborar con más tareas y poner en riesgo mis puntos para Estrellas del mañana.

Tara suspiró. Parecía que todo el peso iba a recaer en ella.

Luego de la cena, Tara se dirigió a la computadora que tenían en la casa de las alumnas. Encontró la dirección del periódico local y le envió un mensaje de correo electrónico al editor. Le contó toda la historia de Nangila y de su escuela, y que Rockley Park se proponía ayudarlos. Hizo mucho hincapié en el hecho de que el personal iba a actuar junto con los alumnos. Esperaba que eso interesara al periódico, y agregó que esperaba que asistieran cuantas personas fuera posible. Luego, presionó el botón de *enviar* y el mensaje desapareció.

A la mañana siguiente, bien de madrugada, todos estaban muy entretenidos comentando que el concierto de mitad de semestre se había convertido en el concierto de beneficencia de Tara. Parecía que a todos los alumnos les había encantado la idea.

—Vamos a necesitar un final adecuado —dijo Chloe—, algo que le haga recordar a la gente por qué queremos recaudar mucho dinero.

—¿Qué te parece tu canción, Tara? —preguntó Ed.

—¡Buena idea! —asintió Danny—. Todos los intérpretes podrían subir al escenario y cantar con nosotros al final. ¡Eso va a estar buenísimo!

—¿Por qué no le pedimos a algunos que vengan al Departamento de Rock, después de la cena, para un ensayo? —preguntó Pop.

—Creí que no iban a practicar nada, salvo la canción que van a cantar en el concierto —señaló Tara, bastante seria.

Pop se sonrojó y Mermelada se rió.

—Ya me preguntaba yo a dónde había ido Tara la gruñona —dijo. En ese momento fue Tara la que se sonrojó.

—No discutan —rogó Lolly—. Tara merece todo el apoyo que podamos darle. Y si el señor Player nos regaña, habrá que soportarlo.

Todo marchaba bien cuando la señora Sharkey hizo llamar a Tara a su oficina, luego de la cena.

Apenas llegó a la oficina de la rectora, la secretaria le dijo a Tara que podía entrar. Para su sorpresa, la señora Sharkey no estaba sentada detrás de su escritorio, como era habitual, sino que caminaba de un extremo a otro de su oficina, cerca de la ventana que daba al lago. Tara jamás la había visto tan agitada.

Apenas Tara cerró la puerta detrás de ella, la señora Sharkey dejó de caminar y la miró.

—Siéntate —le ordenó. Tara se sentó. Estaba desconcertada y bastante alarmada por el tono de voz de la señora Sharkey—. Acabo de recibir una llamada del periódico local —continuó.

Sonó una alarma en la cabeza de Tara. ¿Es que tenía algo que ver con el mensaje que había enviado? Pero era un buen mensaje. Tara lo había hecho para obtener la publicidad que tanto necesitaban.

La señora Sharkey se sentó y la miró con ojos llameantes.

—Me dijo el editor que la escuela había invitado al público en general a un concierto en Rockley Park para ayudar a un grupo de huérfanos africanos —le dijo a Tara—. Me dijo que cuantos más fueran, mejor, en lo que a público se refiere. ¿Me explicarías, por favor, por qué me entero sobre toda esta organización a través de la llamada telefónica de un periódico?

A Tara se le hizo un nudo en la garganta. No se le había ocurrido mostrar a la señora Sharkey el mensaje antes de enviarlo. Pero la señora Sharkey esperaba una explicación, y Tara debía decir algo.

—Es para *la obra de beneficencia* —dijo, en voy baja.

—Tus motivos no están en duda —le dijo fríamente la señora Sharkey—. Pero jamás debes enviar correos electrónicos a los periódicos sin antes mostrármelos. Además de que es de pésima educación no comentarme tus planes, no te corresponde a *ti* decidir a quién se invita a las instalaciones escolares.

La señora Sharkey se levantó de su asiento y volvió a caminar de un lado al otro de la oficina.

—Le dije al editor que tenía información equivocada —le dijo a Tara—. Y le pedí disculpas por haberle hecho perder el tiempo. Somos una escuela pequeña e independiente. Aun si quisiéramos invitar a personas ajenas a los conciertos, no podríamos hacerlo. No tenemos un auditorio lo bastante grande. Sabes bien que quedan muy pocos asientos libres cuando los padres vienen a los conciertos.

La rectora se detuvo y de nuevo miró a Tara como para petrificarla.

—Al editor le parecía que nosotros íbamos a *vender* entradas —prosiguió—. ¿Le dijiste eso?

—No —respondió Tara, sacudiendo la cabeza.

La señora Sharkey cruzó los brazos.

—También me comentó algo así como que el personal de comedor y administrativo también *se presentaría en escena*. Tonterías. ¿Qué clase de escuela crees que administro? El concierto de mitad de semestre es un importante recurso pedagógico, ¡no un recital para todo público!

Tara se encogió en su silla al ver la furia de la señora Sharkey.

—Sea lo que sea que hayas pensado, *no estás* a cargo de esta escuela. Te complacerá saber que *vamos* a ayudar, en cierta forma, a la escuela de huérfanos, pero de la manera adecuada, dentro de un tiempo, sin que debas pasar por alto los procedimientos de rutina. Puedes retirarte.

La señora Sharkey mantuvo la puerta abierta. Tara quiso hacerse oír, pero sabía que sería inútil. No tendría sentido explicar que le pareció que no estaba haciendo nada incorrecto. No se había dado cuenta de que el auditorio era demasiado pequeño, o de que el editor llamaría a la escuela a causa del correo electrónico, ni que la señora Sharkey iba a ponerse tan furiosa.

Tara se levantó de la silla y salió. La puerta se cerró detrás de su espalda, pesadamente. Era el fin de todo. Ella había decepcionado a todos, sobre todo a los niños a los que trataba de ayudar, pero también al personal y compañeros de la escuela, que ansiaban ser parte de ese evento de beneficencia. Ahora debería decir a todos que se cancelaba.

¿Cómo iba a mirar a sus amigos del Departamento de Rock? Iban a estar todos allí, esperando que ella llegara para ensayar la canción. Esta vez la presencia de ánimo de Tara había desaparecido. Sabía que debía darles la mala noticia de una vez, pero no se atrevía.

En lugar de hacerlo, se dirigió a Paddock House y subió a su habitación. Estaba vacía. Sobre la pared, en la cabecera de la cama de Tara, estaba la fotografía de Nangila con Lolly. Tara miró los ojos asustados del niño. Por primera vez en años, no pudo hacer nada por detener las lágrimas. Se arrojó sobre la cama y comenzó a llorar.

10. Aprovechándolo al máximo

Luego de un rato, Tara buscó a tientas un pañuelo de papel y se sonó la nariz. También se secó los ojos. Esa tristeza no la ayudaba en nada. ¿Qué pasaría si alguien entraba en la habitación? No debía permitir que nadie la viera así. Tara Fitzgerald jamás lloraba.

Se limpió la nariz de nuevo y entró al cuarto de baño. Se lavó el rostro con agua fría para librarse de esas delatoras marcas rojas alrededor de los ojos.

Tienes que ir y contarles lo sucedido, se dijo sin piedad. *Apresúrate, antes de que todos vayan al ensayo. Tienes que decirles todo lo que sucedió.*

Era, precisamente, algo que no deseaba hacer; pero antes de darse una tregua y calmarse, bajó muy decidida las escaleras y se dirigió al Departamento de Rock.

Cuando abrió la puerta, fue a su encuentro un numeroso coro de voces unidas en un solo son. El amplísimo recinto estaba lleno de personas que cantaban su letra, mientras Danny, Ed y Ben tocaban los instrumentos. Judge Jim había tomado el lugar de Tara. Le hizo gestos para que fuera a reemplazarlo, pero Tara negó con la cabeza. A duras penas había logrado llegar hasta el lugar, y de ninguna manera sentía ganas de tocar.

Se quedó de pie, aturdida, y escuchó hasta que todos hubieron finalizado. Todos estaban divirtiéndose tanto y la canción sonaba con tanto brillo... pero todo eso no serviría de nada.

Mientras se esfumaban por el aire las últimas notas, Tara se animó a dar unos pasos más. Judge Jim colocó su guitarra sobre el soporte y sonrió a Tara antes de desaparecer en su oficina.

–¡Tardaste mucho! –gritó Pop–. ¡Y nosotros nos divertimos tanto!

–¿Te gustó tu canción? –preguntó Chloe–. Suena genial cuando la cantamos todos, ¿no?

Tara asintió.

—Claro —les dijo a todos, esforzándose por no mostrar debilidad su voz—. Claro que suena bien... pero tengo malas noticias. —Pese a sus esfuerzos, su voz temblaba mucho, pero nadie parecía notarlo.

—¡Ay, no! ¿Qué pasa? —preguntó Ben—. No nos digas que hay que cambiar la canción. Está buenísima.

—Es mi culpa —continuó Tara—. Incomodé a la señora Sharkey y, ahora, no va a permitir que nadie, salvo los alumnos, actúen. Además dijo que el concierto tiene fines educativos y no un recital para todo público, así que supongo que el final no se va a hacer.

Todos comenzaron a hablar al mismo tiempo.

—¡No puede hacer eso!

—¡No es justo!

—¿Y qué pasará con la canción? ¡*Tenemos* que cantarla!

—La señora Sharkey dijo que Rockley Park va a ayudar a mantener la escuela de Nangila en el futuro, pero por ahora no y sin seguir mi plan.

—Bueno, por lo menos, la escuelita africana no se va a perjudicar —dijo Lolly, mientras alentaba a Tara con una sonrisa.

—Y la tuya sigue siendo una gran canción —intervino Ed—. Estoy seguro de que la vamos a usar en el futuro, Tara. Vamos, anímate.

—Es cierto —dijo Ben, tras tararear la melodía de las estrofas—. No dejes que la vieja Sharkey lo arruine todo. Toquemos de nuevo tu canción.

—Tengo que irme —dijo Tara—. Lo siento. Tócala tú.

—Hasta luego, entonces —dijo Lolly.

Tara salió del edificio. Todos estaban eufóricos allí adentro, pero Tara se sentía muy triste y decepcionada por su propia conducta. No había querido molestar a la señora Sharkey. Sólo había intentado ayudar a la mayor cantidad posible de niños. No soportaba pensar que había hecho las cosas mal en lugar de bien.

Que su escuela apadrinara a la obra de beneficencia era poco consuelo. La señora Sharkey no parecía sentir la misma urgencia que ella. Podrían pasar semanas y hasta meses antes de que se pusiera en práctica cualquier idea destinada a obtener fondos. ¿Qué sucedería con Nangila, mientras tanto?

Un rato más tarde, llegaron las compañeras de habitación de Tara, conversando animadamente.

—¡Me divertí *muchísimo*! —exclamó Chloe, mientras se arrojaba sobre la cama, con un suspiro de satisfacción—. Siento mucho que las cosas no hayan funcionado, Tara. Pero, por lo menos, la escuela africana va a recibir alguna ayuda.

—¿Estás bien? —agregó Lolly.

—Por supuesto —respondió Tara rápidamente.

—¿Qué hiciste para molestar tanto a la señora Sharkey? —preguntó Pop con curiosidad.

Tara la miró ofendida. Esperaba que ninguna de ellas preguntara eso.

—No le gustó que yo quisiera obtener publicidad para el concierto —dijo en voz baja.

—Ay, Tara —dijo Lolly con tanta compasión que Tara pensó que iba a romper a llorar de nuevo—. Es una lástima. Tú sólo tratabas de ayudar a esos niños.

Tara sintió un nudo en la garganta y se obligó a disimularlo.

—Bueno, fallé —explicó, antes de apartar la mirada. Tomó un libro e intentó leer, pero la página estaba borrosa, y no pudo entender ni una sola palabra.

Eran casi las siete de la tarde cuando la señora Pinto asomó la cabeza por la puerta.

—¿Ya es hora de la tarea? —preguntó Chloe mientras miraba el reloj.

—Todavía tienen unos minutos —dijo la señora Pinto—. Busco a Tara. Tara, la señora Sharkey quiere verte de inmediato.

Tara se levantó. Era muy tarde para ver a la rectora. Debía haber un problema muy grande. ¿Era alguna otra consecuencia de su mensaje de correo electrónico al periódico, o algo aún peor? ¿Algo que tuviera que ver con sus padres? ¿Había habido un accidente?

Tara se sintió muy angustiada mientras se dirigía a toda carrera al edificio principal. —Por favor, que mamá y papá estén bien —murmuró una y otra vez mientras subía las escaleras hacia la oficina de la rectora.

La puerta de la señora Sharkey estaba entreabierta. La secretaria le hizo una seña para que entrara de inmediato. Pero Tara oyó voces dentro de la oficina. La rectora no estaba sola. Seguramente, *tenía* algo que ver con sus padres y alguien había llegado para darle la mala noticia. Pero la secretaria no se dio cuenta del miedo que tenía Tara.

—Entra, vamos —la urgió con impaciencia desde su silla detrás del escritorio—. No los hagas esperar.

Tara respiró profundo y abrió la puerta. Junto a la señora Sharkey estaban Judge Jim y un hombre al que Tara jamás había visto. Ese hombre tenía puesto un traje oscuro y parecía un empresario.

—¡Ah! Entra, Tara —dijo la señora Sharkey—. Te estábamos esperando.

Judge Jim dio un par de palmaditas a la silla vacía que estaba a su lado, y sonrió a Tara dulcemente. Ella echó una breve mirada de reojo al hombre desconocido y luego hizo lo que le indicaban.

Judge Jim le alcanzó un platillo y una servilleta; Tara se dio cuenta de que había interrumpido *algo*. En el medio del escritorio había una gran bandeja con finos emparedados, junto con un par de recipientes con papas fritas y frutos secos. No parecían ser malas noticias si le habían pedido a la cocina que enviara emparedados. ¿Qué era lo que sucedía?

—Te presento al señor Boyd —dijo la señora Sharkey.

El señor Boyd le extendió la mano y, mientras se la estrechaba, Tara se dio cuenta de quién era. El señor Boyd era el editor del *Daily News*, el periódico al cual ella había escrito acerca del concierto. ¿Qué estaba haciendo en la oficina de la rectora? A Tara le resultaba imposible descifrar la expresión de ese hombre.

—¿Más vino? —ofreció la señora Sharkey.

¿O le gustaría tomar un café? —Judge Jim ya se había puesto de pie para volver a llenar el vaso del señor Boyd—. Hay jugo de naranja —le dijo a Tara—, o café, si prefieres.

—Jugo, gracias —dijo Tara en voz baja. Parecía que la habían invitado a una fiesta. Judge Jim le dio un gran vaso de naranjas exprimidas.

Todos, salvo Tara, parecían muy contentos, pero Tara, mientras mordisqueaba una papa frita, todavía se sentía en medio de una nebulosa. ¿Estaba en un problema o no? Nada de eso tenía sentido. Pero, finalmente, la señora Sharkey le tuvo piedad.

—Supongo que la pobre Tara está preguntándose de qué se trata todo esto —dijo, tomando un sorbito de café y apoyando sobre pocillo sobre el escritorio—. Tengo que decirle que ella y yo no estábamos en muy buenos términos luego de que pasó sobre mi autoridad al enviarle ese mensaje, señor Boyd.

El señor Boyd, que era mucho más joven de lo que Tara había imaginado, asintió comprensivamente.

—Lamento que todo haya comenzado con el pie izquierdo —agregó.

La señora Sharkey sonrió a Tara. Su rostro parecía amigable.

—El señor Boyd vino aquí esta tarde porque tiene una propuesta para nosotros —le dijo a Tara—. Y esa propuesta te involucra a ti.

El señor Boyd se aclaró la garganta y sonrió a Tara.

—Me impresionó mucho tu mensaje —comenzó—. Pensé que un emprendimiento tan grande necesitaba apoyo y me contacté con la señora Sharkey para ver si nosotros podíamos ayudar. No me había dado cuenta de que el auditorio de ustedes no podría alojar más que a unas doscientas personas, ni que tú no habías pedido permiso para abrir el concierto escolar al público.

Tara se sonrojó.

—Luego de hablar con la señora rectora, me di cuenta de que si queríamos aprovechar al máximo tu excelente idea, necesitabas mucha más ayuda que lo que inicialmente yo había pensado.

La sonrisa volvía, de a poco, al rostro de Tara. ¿A dónde conducía todo este monólogo?

—Nuestra empresa madre —prosiguió—, la dueña de mi periódico, hace tiempo que apoya eventos en todo el país. Llamé al departamento de publicidad y me dijeron que el escenario al aire libre está libre durante un fin de semana, el mes próximo. —El señor Boyd miró a Tara como si esperara que ella se mostrara muy emocionada. Hubo una cancelación —agregó como si eso lo explicara todo.

Tara miró a Judge Jim, pidiéndole ayuda. Ella no tenía idea de qué decía el editor.

—El señor Boyd le ofreció a la señora Sharkey el escenario portátil de exteriores de la empresa para el concierto de mitad de semestre, para que podamos recibir a muchas más personas —le explicó suavemente—. Y la señora Sharkey aceptó.

La señora Sharkey asentía con la cabeza, entusiasmada.

—No podíamos rechazar un ofrecimiento tan generoso —dijo—. Por supuesto, vamos a tener que pedir permiso al municipio, y tendremos que considerar ciertos detalles como el aparcamiento y el acceso a pie. Pero el señor Fallon está seguro de que podrá arreglar esas cuestiones a tiempo.

—Me gustó mucho la idea de incluir a todos, el personal y los alumnos —dijo el señor Boyd—. Me encanta la forma de ser de esta escuela, como una gran familia en la que todos quieren ayudar.

Tara miró con timidez a la señora Sharkey. La rectora le dirigió una mirada severa, así que Tara bajó la cabeza.

—El señor Fallon cree que si utilizamos el gran campo que tenemos en la parte de atrás de la escuela, la capacidad será de dos mil personas —dijo Judge Jim.

Tara dio un respingo. ¡Dos mil personas! Jamás había soñado que el concierto pudiera atraer a tanta gente.

—Yo jamás he querido exponer prematuramente a nuestros estudiantes a la mirada del público —dijo la señora Sharkey a Tara—. Pero Judge Jim me aseguró que la experiencia de actuar sobre un gran escenario al aire libre es demasiado buena como para perdérsela. Los alumnos ya están ensayando mucho para el concierto de mitad de semestre, y sé que van a dar todo de sí para obtener estrellas para el concierto Estrellas del mañana *y* para tu obra de beneficencia, Tara.

La señora Sharkey echó a Tara una fría mirada. —Esto no significa que yo vaya a aceptar *cualquier* plan que me traigas —agregó.

Tara asintió con la cabeza, mansamente.

—El señor Timms ya dijo que va a grabar el concierto, ¿verdad? —preguntó Judge Jim, sonriendo a Tara—. Y tú podrás vender las copias del disco compacto después del concierto.

Tara asintió de nuevo y trató de sonreír. Primero, el concierto de beneficencia se hacía; después, no. Y ahora, se hacía de nuevo. Unas horas antes, ella pensaba que lo había arruinado, pero todo parecía marchar bien en ese momento.

Judge Jim y los demás la miraron. Esperaban que ella dijera algo, pero por una vez en su vida Tara no tenía palabras. Sonrió tímidamente, y los adultos se rieron.

—Creo que le gustó la idea —concluyó el señor Boyd.

11. Fiebre de concierto

Desde ese momento, los días volaron. Una de las tareas fue la de demarcar un área del tamaño del escenario para que los estudiantes practicaran. Judge Jim, con Tara y otros que quisieron ayudar, caminaron en el jardín del frente para darse una idea de las dimensiones.

—Es importante poder ensayar en el espacio real —les dijo Judge Jim—. De lo contrario, se sentirán perdidos cuando suban al escenario.

—¡Pero es enorme! —exclamó Ben, con expresión preocupada.

—Tienen que aprender a ocupar el espacio —respondió Judge Jim mientras desenrollaba y clavaba al piso una larga cinta blanca y los jóvenes estaban ubicados uno en cada extremo—. Ahora, vengan al medio y ocupen sus lugares como cuando tocan en conjunto.

Parecía haber metros de distancia entre la cinta y ellos.

—Miren la enorme superficie en la que tendrán que moverse —les mostró—. Finjan estar tocando la canción, pero usen el espacio. Háganlo suyo. No dejen que los intimide.

Al principio les asustaba, pero enseguida se acostumbraron. Se separaron y decidieron que, por turnos, se adelantarían hasta el borde del escenario cuando tuvieran que interpretar los solos.

—¡No es justo! —gritó Danny desde donde estaba sentado, en el centro del rectángulo que habían marcado—. Soy el único que se queda quieto.

—Tendrías que tocar la batería subido a un carrito —se rió Ed.

—Tú vas a estar en una plataforma elevada para que todos puedan verte —le respondió Judge Jim con una sonrisa—. Apenas instalen el escenario, todos van a poder recorrerlo para ubicarse. Pero durante los próximos días, cada intérprete tendrá que usar este espacio para visualizar cómo se comportarán en el escenario real.

El espacio de práctica se volvió muy popular, pero todos ansiaban ver el escenario real. Mientras tanto, los estudiantes estaban muy ocupados y Tara estaba exhausta. No sólo estaba asistiendo a sus clases habituales e intentaba encontrar tiempo para ensayar su canción con Danny y los demás sino que, además, la organización del concierto de beneficencia estaba absorbiéndole todo el tiempo libre que le quedaba.

Todos recurrían a ella cuando querían que se les respondieran preguntas, y si Tara no tenía la respuesta, debía averiguarla. Ella había organizado al departamento de arte para que hiciera los anuncios para publicitar el concierto, y había recibido permiso de la señora Sharkey para enviarlos por correo a los padres. Incluso Pop y Lolly le habían dado el nombre y la dirección del representante de la modelo Tikki Deacon para invitarla al concierto.

—Sé que no va a venir —dijo Tara a Pop cuando introducía el sobre en su bolso, para llevarlo al correo—, pero no me cuesta nada invitarla.

Pop rió.

—Eres tan audaz, Tara. No sé cómo haces.

Tara se recostó sobre la hierba, y aprovechó uno de esos preciosos momentos de calma al sol.

—Jamás se sabe —dijo Lolly pensativamente—. Tal vez, Tikki aparezca. Si lo miramos bien, es la obra a la que ella contribuye.

Pop sacudió su cabeza.

—Ella pasa tanto tiempo en el extranjero —le recordó a su hermana—. Probablemente, ni siquiera reciba la invitación a tiempo.

Tara se encogió de hombros.

—Como mis padres —dijo ásperamente—. Estoy segura de que la publicidad todavía estará dentro del sobre cuando vuelva a casa para mis vacaciones de verano.

Chloe la miró con expresión escandalizada.

—Te admiro, Tara —dijo—. Yo me molestaría mucho si mis padres no vinieran. Y tú estás haciendo tanto por este evento que no sería justo.

—Bueno, todos nosotros lo valoramos —dijo Lolly a Tara—. Y Nangila y sus amigos también lo apreciarán. Eso es lo que importa.

Tara no respondió. Estaba intentando por todos los medios no pensar demasiado en sus padres. Había telefoneado a su padre unos días antes, pero no le había dado ninguna seguridad de que pudiera ir al concierto. Tara no iba a rogarle. Pero éste era *su* proyecto, y las familias de todos los demás iban a asistir. En medio de toda esa emoción, Tara se sentía terriblemente decepcionada.

—¿Qué sucede? —quiso saber Pop, con la vista fija al otro lado del parque.

Varios camiones enormes habían estacionado en la puerta del edificio principal y uno de los conductores ya se encaminaba hacia allí.

—Debe ser el escenario —replicó Tara mientras se levantaba y caminaba hacia los camiones. Tenía razón. Dave Fallon llegó para dar instrucciones a los choferes. Los vehículos fueron conducidos lentamente hacia el terreno de la parte trasera de la escuela y allí comenzaron a descargar. Parecía haber miles de tubos para estructura, además de metros y metros de telas de colores.

—¿Cómo van a convertir todo eso en un escenario? —preguntó Chloe, que miraba confundida las enormes cantidades de equipamiento que descargaban sobre la hierba.

Les llevó un buen tiempo, pero, hacia el final del día, había una plataforma reconocible. Y para la noche del segundo día, habían levantado una estructura que protegía el escenario de la amenaza de la lluvia. Luego de armar el escenario, un ejército de hombres se dedicó a instalar las luces y el sistema de sonido. El lugar estaba cubierto de cables y equipamiento.

Con toda esa conmoción, era difícil concentrarse en las clases. Pero una tarde, en la clase de arte, a Tara y a sus amigos les esperaba una agradable sorpresa.

—Pensé que tendrías ganas de ver a las portadas del compacto que imprimimos —dijo la profesora de arte—. Y llegaron las cajas para los compactos. Si quieres, hoy podemos colocar las portadas en las cajas.

Tara se sintió emocionada cuando colocó la primer portada en la caja plástica del disco compacto. Los del departamento de arte habían sido profesionales. En la tapa, Nangila mostraba unos ojos melancólicos y asustados. Lo habían situado sobre un fondo de rojos y amarillos que sugerían el calor de África. La frase *Cantando por Nangila* fue impresa en la parte inferior de la tapa, en letras negras. En el interior, Tara había escrito, con ayuda de Pop y Lolly, unas palabras sobre la obra de beneficencia y la escuela.

Judge Jim le había dicho a Tara que no debía olvidar los agradecimientos, así que ella se ocupó de que hubiera espacio en la contratapa para agradecer a la señora Sharkey, al señor Timms, al señor Boyd y su periódico, y a todos los que habían colaborado. Dio vuelta la caja del disco compacto para leerlo y se llevó una gran sorpresa. En la parte inferior, en letras pequeñitas, decía: *Un agradecimiento especial a Tara Fitzgerald. Sin ella la realización de este disco compacto no habría sido posible.* El rostro de Tara brilló de felicidad.

Pop le sonreía.

—Pedimos al Departamento de Arte que colocara ese párrafo después de que tú viste las pruebas —le dijo con aire de triunfo—. Todos queríamos que fuera una sorpresa.

—Pero todavía no grabamos el compacto —le recordó Tara.

Pop y Lolly rieron juntas.

—Hemos tenido nuestras idas y vueltas —dijo Lolly—, pero nada va a detener esto ahora. Hasta la señora Sharkey agregó su granito de arena.

Me complace anunciar nuestra nueva relación con la escuela de Nangila a través de la edición de este disco compacto grabado en vivo del concierto de verano celebrado en la Escuela Rockley Park, leyó Tara. Sintió que le temblaban las rodillas. Sus esperanzas y sueños estaban volviéndose realidad.

El acceso al escenario estaba prohibido a los alumnos hasta que los técnicos hubieran terminado su trabajo. Pero, pese a ello, al día siguiente, a la tarde, se le solicitó a Tara que se encontrara con Judge Jim en ese lugar. Cuando entró en el campo y se acercó al escenario por primera vez, se dio cuenta de que la estructura era enorme. Se sintió pequeña. Un grupo de luces atravesó la sombra que daba la escenografía; cambiaban de rojo a azul, a blanco y a naranja. De pronto, se apagaron. Los técnicos todavía estaban en plena tarea. Delante del escenario, había otro grupo de focos fijados a una de las torres de la estructura metálica. Dentro de la torre, a la altura del piso, estaba el equipo del señor Timms, una versión en miniatura de su consola de mezcla del estudio de grabación, conectado a los amplificadores del escenario y a los micrófonos. Él estaría a cargo del sonido, además de tener que grabar el concierto para el disco compacto de Tara.

La hierba había quedado estropeada por toda la actividad y estaba volviéndose de un color amarillo paja. Olía a heno. En la parte trasera del escenario había cables por todas partes y funcionaba un generador. Tara encontró unos escalones y subió a la zona de las bambalinas.

Judge Jim estaba allí, hablando con uno de los técnicos.

—¿Qué te parece? —le preguntó a Tara con una sonrisa—. Sube, dime cómo te sientes.

Tara caminó sobre el escenario y se detuvo. Había estado en otros escenarios antes, pero éste era diferente. Sentía la brisa sobre el rostro y oyó que pasaba un automóvil por la carretera y el ruido del generador. El espacio que se extendía ante ella parecía no tener fin. El atardecer borraba los límites del campo. Era totalmente diferente a estar en el escenario del auditorio. Éste era muy alto. Iba a ser difícil dominarlo, pese a las prácticas que Judge Jim les había hecho hacer. Le encantó el hecho de que iba a tocar con una banda, y no ella sola.

—Nada de esto habría sucedido sin ti —le dijo suavemente Judge Jim—. Lo hiciste todo realmente bien, Tara. Debes estar orgullosa de ti.

Tara se sintió más abrumada que orgullosa. Lo que había comenzado como una gran idea se había convertido en un evento real, y había sido emocional y físicamente agotador llegar a ese punto.

Judge Jim la dejó sola con sus pensamientos durante un momento mientras fue a las bambalinas. Cuando regresó, traía algo consigo.

—Pensé que querrías tener esto —le dijo—. Lo traje para ti. —Tara se volvió y vio que Judge Jim tenía en su mano su amado bajo Rickenbacker—. ¿Quieres probar el sonido? —le sugirió.

El rostro de Tara se iluminó.

Judge Jim le señaló a qué amplificador enchufarlo y luego tomó su propio bajo, ya muy batallado.

Se sentía una especie de magia en el aire. Luego de tanto trabajo arduo, Tara estaba más cansada que nunca, pero con el Rickenbacker en sus manos, una nueva energía le recorría el cuerpo. Ella estaba sobre el escenario con el legendario Judge Jim Henson y cualquier cosa era posible. Él le hizo un ademán con la cabeza, indicándole que comenzara, y ella hizo sonar la introducción de su canción.

No había batería ni guitarra rítmica y el sonido era débil, sin micrófonos que potenciaran sus voces, pero Tara pronto se sintió perdida en la emoción de la música. A mitad de camino, las luces se encendieron de nuevo y ambos quedaron cubiertos de tonos rojos y azules. Tara casi perdió su lugar, pero mientras las luces atravesaban el ocaso y los inundaba de colores, se recuperó. Hacia el final de las últimas notas de su dúo, Tara se volvió hacia Judge Jim con el corazón lleno de felicidad y los ojos brillantes de lágrimas. En ese momento, parecía totalmente posible que ella pudiera reunir el dinero que quería para Nangila.

—Pensé que te gustaría ser la primera en tocar aquí —le dijo Judge Jim con afecto, cuando ella le agradeció la gentileza—. Ve, Tara. Yo guardaré tu bajo. Vuelve a tu casa. Espero que puedas dormir bien. Mañana será un largo día.

12. Ojos solitarios

Luego de un par de días frenéticos dedicados a los toques finales, llegó la fecha del concierto. Hacia mitad de la tarde, el campo ya estaba llenándose. Muchos de los asistentes habían llevado algo para comer. Tapetes, sillas y mesas de almuerzo ocupaban aquí y allá la inmensa extensión de hierba, y todos los asistentes se acomodaban para comenzar a disfrutar la velada.

Pero para Tara no había tranquilidad; luego de haber hecho que todos pasaran por la prueba de sonido, su voz comenzó a sentirse un poco ronca.

—Es por todo lo que estuviste mandoneando —le dijo Ben.

—Pero *tuve* que hacerlo —objetó Tara—. De lo contrario, ¡todavía estaríamos haciendo las pruebas de sonido!

—Ya lo sé —dijo Danny, para tranquilizarla—. Pero no es necesario hablar ahora. ¿Te ayudaría una pastilla para la garganta?

—¡No! —dijo Chloe—. No es eso lo que debe hacer. El señor Player siempre dice que es mejor dejar que la voz descanse tanto como sea posible, y tomar miel, limón y jengibre.

—Iré a buscar un poco a la enfermería —se ofreció Pop—. La enfermera O'Flannery lo prepara muy bien.

—Además, mantén abrigada tu garganta —aconsejó Lolly—. Toma esto. —Desenrolló una larga bufanda de seda de su cuello y la colocó alrededor del de Tara—. ¡Y no hables! —agregó, cuando Tara estaba a punto de agradecerle. —Guarda tu voz para después.

Las horas que transcurrieron entre las pruebas de sonido de la mañana y el comienzo del concierto, por la tarde, fueron interminables.

—No empieces a pensar que lloverá —rogó Tara a Danny cuando éste le mencionó una gran nube negra que se acercaba—. *Todos* se van a espantar.

—Deja ya de *hablar* —le pidió Ben—. Vamos a necesitar tu voz más tarde.

Por suerte, el día fue soleado, aunque la brisa era un tanto fresca.

Cuando se acercaba la hora del concierto, el público comenzó a empacar sus viandas y se acercó al escenario. Luego, se encendieron las luces y la señora Sharkey apareció sobre la escena para dar la bienvenida a todo el mundo.

Tara apenas escuchó el breve discurso. Estaba muy ocupada verificando que los intérpretes estuvieran cada uno en su sitio, y listos para tocar o cantar sus partes.

Apenas salió del escenario la señora Sharkey, Judge Jim subió para anunciar el primer acto. Lo recibió un aplauso entusiasta.

—Vamos, salgan —dijo Tara en voz baja a Charlie Owen y su banda, que esperaban la señal. Ella los empujó, y ellos corrieron al escenario, ante el aplauso multitudinario.

—El público tiene muchísimas ganas de divertirse —le dijo Judge Jim ubicándose junto a Tara, a un lado del escenario. —Es el mejor público que podríamos tener. ¡Aplaudirían a un repollo si lo lleváramos al escenario!

Esa ocurrencia hizo reír a Tara y borró lo que quedaba de sus nervios por el concierto.

Uno por uno, músicos y cantantes dieron lo mejor de sí. La impresionante voz de Chloe hizo enmudecer al público, y Pop y Lolly tuvieron una cálida recepción porque eran muy famosas. La banda que armó Judge Jim con el personal de la escuela fue un verdadero regalo para los estudiantes, y la excelente actuación del señor Fallon logró el aplauso delirante de los asistentes. Todos, personal y alumnos, los periodistas y el público en general, estaban inmersos en la alegría de ese día. Tara se dijo que las personas de Rockley Park eran la única familia que necesitaba.

También había que ganar puntos de Estrellas del mañana. Todos los alumnos sabían que los profesores estaban mirando cada movimiento que ellos hacían y evaluaban cada nota tocada. La novedad del escenario al aire libre trajo una emoción especial al evento, y el gran público hacía que los estudiantes se esforzaran aún más.

Tara estaba aliviada de no tener que competir por los puntos de Estrellas del mañana. Solamente tocaría su canción lo mejor que pudiera y no se preocuparía demasiado. Para ella era más importante asegurarse de que el concierto transcurriera sin tropiezos.

El concierto transcurrió más rápido de lo pensado. Danny, Ed y Ben esperaban junto a Tara cuando Judge Jim salió a escena a presentar el acto final. Tara tomó un último sorbo de agua, Ben le acercó el bajo Rickenbacker, ¡y ya estaban frente al público!

Los alcanzó el brillo de las luces azules y verdes; ya sobre el escenario, Tara se dio cuenta de que *sí* le importaba tocar impecablemente en ese momento.

Luego del aplauso del público, todo quedó en silencio. Tara no sabía qué había dicho Judge Jim cuando los presentó. Estaba demasiada nerviosa para escucharlo, pero debió haber sido algo muy serio sobre esa canción tan especial.

Tara miró a la banda de reojo. Danny estaba detrás de la batería, mientras Ed y Ben tenían ya sus guitarras conectadas y estaban listos para tocar. Tara hizo una señal con la cabeza y caminó, pequeña y decidida, hasta el borde del escenario. Luego, comenzó a tocar.

Las sonoras notas de su Rickenbacker volaron sobre las cabezas del público. Tocó la introducción un poco más rápido de lo que habían ensayado, con la cabeza inclinada sobre los trastes. Los nervios aceleraban sus dedos, pero la canción sonaba bien y la banda la seguía. Su voz no se había ido del todo, pero falló cuando levantó la cabeza para cantar la primera estrofa. Entonces, Ed se acercó a ella y cantó a dúo en el micrófono para ayudarla a pronunciar esas palabras. La canción era puro rock veloz y la melodía atravesó el escenario con el potente ritmo de Danny.

Entonces, Tara y Ed retrocedieron para que Ben se adelantara y variara el carácter de la canción con el quejido de su guitarra.

Tara se sintió aliviada cuando Ed se acercó al micrófono de nuevo, para la segunda estrofa. Ella cantaba a grito pelado, pero apenas quedaba algo de su voz. Ben tocó un solo de ocho compases intermedios y, luego, Ed y Tara se adelantaron de nuevo para repetir el estribillo y cantar la última estrofa. En todo ese tiempo, Danny los mantuvo a tiempo con el pesado ritmo de su batería.

Cuando la canción se terminó y saludaron todos juntos, se sintieron sumergidos en el aplauso. Tara buscó a Judge Jim con la mirada y, luego de un momento, él llegó y se unió a ellos. La multitud pedía más música de la banda de Tara, pero Judge Jim levantó los brazos para calmarlos.

—Sólo un par de cosas —dijo a través del micrófono de Tara mientras lo ajustaba a su altura—. Nada de esto habría sido posible de no ser por esta señorita que tengo a mi lado. ¡Un aplauso para Tara Fitzgerald! —La multitud rugió, mucho más que lo que había gritado en todo el concierto, y Judge Jim le sonrió—. ¿Quieres decir algo? —Le preguntó en voz baja.

Tara dijo que no con la cabeza.

—Ya no tengo voz —graznó, mientras cubría la garganta con la bufanda. Era cierto. Su voz había desaparecido.

—Lamentablemente, Tara ha perdido la voz —dijo Judge Jim a la multitud. Algunas personas se rieron, pero luego todos aplaudieron de nuevo—. Estoy seguro de que Tara quisiera agradecerles a todos por haber venido, si pudiera hablar —confirmó el director del Departamento de Rock—. Y por apoyar su maravilloso esfuerzo para obtener dinero para los niños huérfanos de África. —Un impresionante aplauso se levantó de nuevo del público, y Judge Jim tuvo que esperar hasta que se hubo apagado.

—Dentro de un momento —dijo—, vamos a hacer subir a todos al escenario para cantar de nuevo *Ojos solitarios*. Pero antes de que lo hagamos, creo que tenemos algo... –Miró al costado del escenario, desde donde subía el señor Boyd con un enorme ramo de flores. Se las dio a Tara y saludó al público mientras bajaba.

–Muchísimas gracias a nuestros patrocinadores –agregó Judge Jim–. Sin la ayuda del periódico *Daily News*, habría sido imposible organizar este concierto. No queremos que se arruinen esas hermosas flores cuando todos suban. ¿Quieres ponerlas en algún lugar seguro, Tara? –agregó, y la hizo ir entre bambalinas–. Llévalas hacia la derecha. Hay alguien a quien puedes dárselas.

Tara miró hacia el lugar que le había indicado Judge Jim, pero las luces la cegaban y no podía ver gran cosa. Judge Jim comenzó a hablar de nuevo al público mientras Tara llevaba su ramo hacia un lado del escenario. El perfume era bellísimo en ese atardecer. Tara no podía dejar de mirar esas flores. Acercó su rostro hacia los suaves pétalos un momento y aspiró el aroma, que le recordó algunas de las exóticas flores que había visto en África, y eso le recordó a Nangila. Ella jamás lo había visto en persona, pero pensaba en él con tanta frecuencia que sentía que ya lo conocía. El concierto ya casi terminaba y había sido un verdadero éxito. Tal vez eso representaba suficiente dinero para hacer algo útil con él.

Cuando bajó del escenario, un par de personas tomaron sus manos. Tara les dio el ramo y se detuvo. En un segundo, su corazón dio un respingo. No podía creer lo que veía.

Eran su madre y su padre. Ambos le sonreían y su mamá tenía lágrimas en los ojos.

—Estamos *muy* orgullosos de ti —dijo la madre de Tara, mientras dejaba las flores a un lado y abrazaba con fuerza a su hija.

—¡Qué canción impresionante! —dijo su padre, que también la abrazó. —Hicimos de todo para acomodar nuestras agendas, y decidimos darte una sorpresa. Estoy feliz de que estemos aquí. ¡Estamos muy, muy orgullosos de ti!

Tal vez, ya no importaba que Tara hubiera perdido su voz. No podría haber pronunciado palabra aun si hubiera querido, de tan emocionada que se sentía.

—Apresúrate. Te necesitan sobre el escenario —le dijo Pop, que había ido a buscar a Tara.

—¡Ay, sí! —dijo el padre de Tara—. Van a

tocar de nuevo tu canción con todos los músicos. ¡No pueden hacerlo sin ti!

—Ven conmigo —le rogó Tara. Pero no pudieron oír el susurro de sus palabras—. Por favor —dijo Tara con un movimiento de labios y tomando las manos de su padre. Tara hizo la mímica de tocar el saxofón y su mamá se rió.

—Tú lo conoces —dijo ella—. Jamás va a ninguna parte sin él. De todas formas, Judge Jim le había dicho que lo trajera, por las dudas.

Tara dio un empujoncito a su papá.

—Ve y tráelo —le susurró—. Toca conmigo. Por favor. Jamás lo hicimos.

—Está bien —le respondió, cuando por fin entendió—. Si quieres. Es tu día.

El escenario estaba repleto de gente. Todos esperaban a Tara. Cuando llegó con sus padres, Chloe comenzó a aplaudir. El resto de los estudiantes hizo lo mismo, y mientras Tara se adelantaba hacia el borde del escenario, todos, los músicos, los cantantes y el público, batían sus palmas.

Tara tomó su Rickenbacker y colocó la correa alrededor de su cuello. Su hombro sintió ese peso conocido y tranquilizante, mientras Tara miraba a sus padres. Su madre sonreía, y su padre estaba humedeciendo la boquilla de su saxo. Miró a Tara y le guiñó el ojo.

—Toquemos rock —le dijo, sonriendo.

Tara le hizo una seña con la cabeza y caminó hacia el borde del escenario, cerca del público.

Y, entonces, comenzó a tocar.

Así que, ¿quieres ser cantante de pop?

Da vuelta la página y encontrarás algunos consejos para cumplir tus sueños...

Alcanzar el éxito en la industria de la música

¿Crees que tienes muchísimo talento? Bien, el maestro de música Judge Jim Henson, director del departamento de rock de la academia de música más talentosa, Rockley Park, ha recopilado sus mejores consejos para ayudarte a que te conviertas en una superestrella...

Regla número uno: ¡Sé positivo! Debes creer en ti mismo.

¡Sé activo! Únete al coro de la escuela o forma tu propia banda de música.

¡Sé diferente! No temas destacarte del resto.

¡Sé decidido! Trabaja duro y concéntrate.

¡Sé creativo! Intenta componer
tus propias canciones:
ellas dirán algo único acerca de ti.

¡Sé paciente! No te rindas si las cosas
no suceden de la noche a la mañana.

Presta atención para no dejar escapar
las oportunidades que se te presenten.

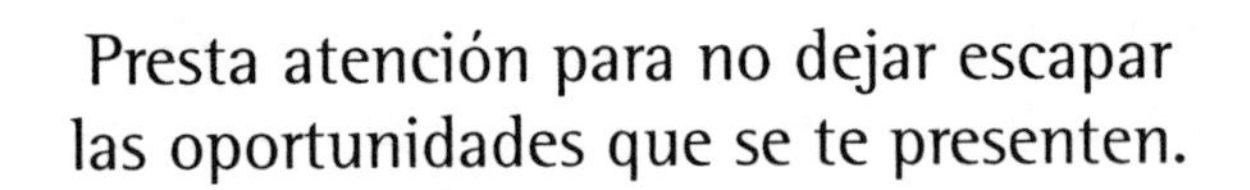

¡Sé abierto! No te quedes encerrado
en una sola cosa: intenta cosas nuevas
y adquiere la mayor cantidad
de habilidades que puedas.

¡Sé apasionado! No temas demostrar
emoción cuando interpretas tu música.

Asegúrate de estar siempre observando,
escuchando y aprendiendo.

Siempre que puedas, ayuda a los otros.
De esa forma aprenderás mucho más.

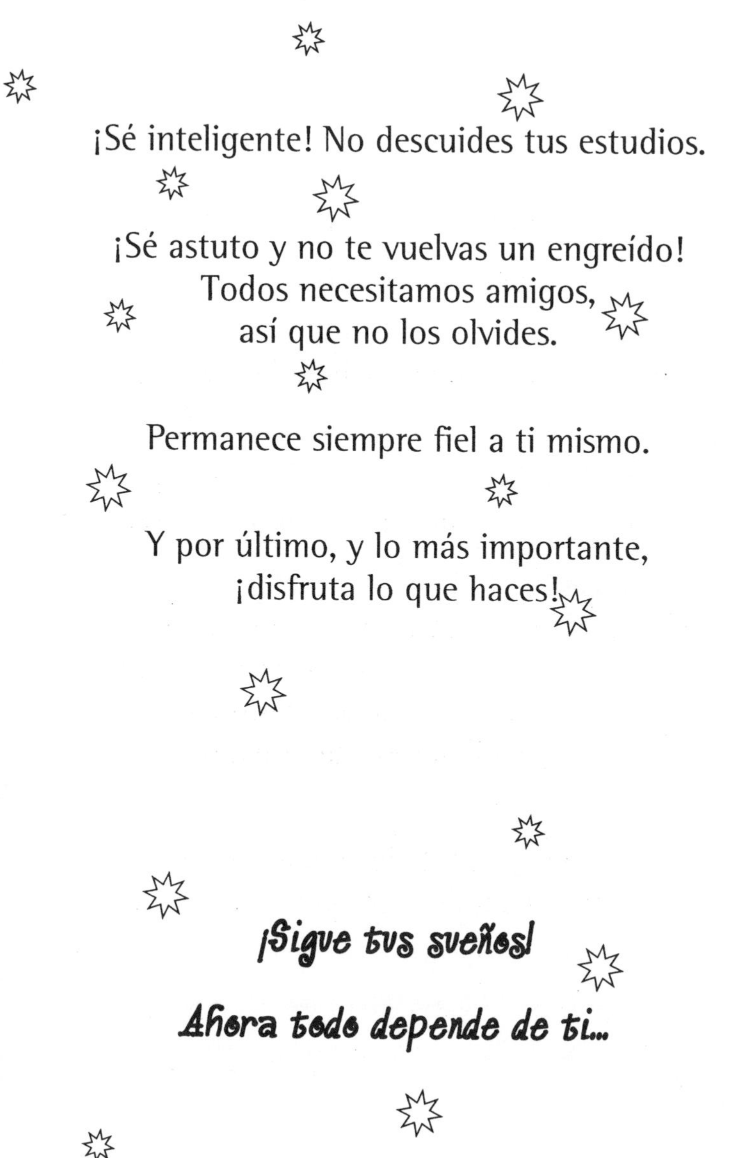

¡Sé inteligente! No descuides tus estudios.

¡Sé astuto y no te vuelvas un engreído!
Todos necesitamos amigos,
así que no los olvides.

Permanece siempre fiel a ti mismo.

Y por último, y lo más importante,
¡disfruta lo que haces!

¡Sigue tus sueños!

Ahora todo depende de ti...

Para una nueva dosis de
Escuela de Fama
lee Un golpe de suerte

1. Mermelada

—¡Otros dos puntos para Estrellas del mañana! *¡Dos!* —dijo Marmaduke Stamp, más conocido como Mermelada, mientras agitaba su rubio cabello rizado con aire triunfal. Su amigo Danny James sonrió, miró su propio boletín de calificaciones y lo introdujo sin decir palabra en su bolso.

Los dos amigos no podían ser menos parecidos. Los largos rizos de Mermelada, su nariz respingada y su cara pecosa eran tan notorios como su naturaleza burbujeante y su risa sonora. Toda su personalidad era desbordante, sobre todo cuando estaba un poco más cerca de sus ambiciones. Estaba desesperado por bailar en el concierto Estrellas del mañana, que se grababa en los estudios locales de televisión delante de un público invitado que incluía importantes personas de la industria del entretenimiento. *Todos* querían participar del espectáculo, pero únicamente los mejores iban a ser elegidos. Mermelada tenía la ilusión de que ese concierto iba a ser su gran oportunidad.

Las actuaciones del reciente concierto escolar, un impresionante evento de beneficencia organizado por Tara Fitzgerald, habían significado acumular puntos para Estrellas del mañana, y Mermelada había estado esperando todo ese semestre, ansioso por saber cómo le había ido. Ahora que lo sabía, su entusiasmo era arrollador. Durante las vacaciones, había aprovechado el tiempo entrenándose en algunos movimientos del hip-hop. Ahora, quería mostrárselo a Danny.

—¡Observa esto! —le dijo, mientras giraba hasta quedar parado de manos.

—¡Vaya! —sonrió Danny.

Pero Mermelada no había terminado. Caminó un par de metros sobre sus manos y, luego, con un movimiento fluido, rodó y saltó hasta quedar de nuevo sobre sus pies. Danny estaba muy impresionado.

Mermelada sonrió.

—¡El baile callejero es lo máximo! —le dijo—. Tiene movimientos buenísimos.

No bien dijo eso, se puso en cuclillas en el corredor y comenzó a girar sobre sus hombros. Luego de un par de giros, cayó como una bolsa de papas, brazos y piernas desparramados, interrumpiendo el paso de otros estudiantes.

Danny rió.

—Tal vez, deberías hacer todo esto afuera —le sugirió.

—¡Por Dios! —protestó Tara, que tuvo que correrse a un lado para pasar—. ¿Qué estás haciendo?

Mermelada sonrió. Le encantaba molestar a Tara, que casi siempre se mostraba huraña.

—Estoy lustrando el piso —le dijo, inclinándose a sus pies—. ¿Se ve mejor ahora? En realidad —le dijo a Danny mientras Tara fruncía el ceño y se iba ofendida—, el motivo por el cual no pude girar bien fue que el piso no estaba bastante pulido. Demasiada fricción ¿sabes? Algunos bailarines callejeros incluso llevan consigo un gran trozo de cartón para asegurarse una buena superficie.

—Parece bastante incómodo —agregó Danny.

—¡Eso no le importa a un bailarín callejero! —insistió Mermelada, mientras giraba en un pie, con un movimiento que parecía más de ballet que de otro tipo de danza.

—Por eso no soy bailarín —le recordó Danny con una sonrisa.

Danny era baterista, y tanto él como Mermelada asistían a Rockley Park, la escuela de sus sueños. Era una maravillosa escuela de internado que enseñaba a sus alumnos todo lo que necesitaban aprender sobre cómo triunfar en el mundo de la música, además de brindarles las lecciones habituales de cualquier otra escuela.

Mermelada había ganado un lugar en Rockley Park por su forma talentosa y exuberante de bailar. También tenía una buena voz para cantar, pero el baile era su vida, y su ambición era protagonizar los mejores vídeos del pop.

—¡Vamos! —urgió a Danny—. Veamos qué calificaciones tuvieron los demás. —Cargó el morral sobre su hombro y se marchó en dirección al comedor, dejando que Danny lo siguiera.

Mermelada corrió hacia las mellizas Pop y Lolly Lowther, famosas por su éxito como modelos, y se precipitó entre ellas al tiempo que rodeaba con sus brazos los hombros de las dos muchachas.

—¡Mermelada! ¡Quítate! —dijo Pop entre risas, librándose de él y ordenando su largo y negro cabello.

Lolly también se alejó de Mermelada.

—¿Qué sucede? —preguntó.

—¡Las calificaciones! —exclamó Mermelada, con una gran sonrisa—. Y lo logré de nuevo. Tengo dos puntos más para Estrellas del mañana. *Estoy seguro* de que eso me alcanza para bailar en el concierto de Estrellas del mañana. —Y tras decir esto, tomó a Lolly de la mano y la hizo girar.

—Tal vez —concedió Pop mientras evitaba a Mermelada y a su hermana, que seguían dando vueltas—. Pero no olvides que la decisión final no se toma hasta el fin del semestre. No puedes relajarte todavía.

—Lo sé —asintió Mermelada. Dejó de hacerle dar giros a Lolly, la soltó y su cara se puso seria un momento—. Pero siempre les gusta que haya una buena combinación de estudiantes, y no hay *tantas* personas que se especialicen en danza. *Debo* tener una buena oportunidad.

—Estoy segura de que la tienes —dijo Lolly, todavía un poco agitada—. Tú eres, por mucho, el mejor bailarín de nuestro año. Y sé cuánto deseas esta oportunidad.

—¡A todos nos pasa lo mismo! —protestó su hermana—. El concierto Estrellas del mañana podría ser genial para *nuestras* carreras también, Lolly. Piensa en el público. —Se estremeció ante la idea—. Habrá muchísima gente importante allí de la industria de la música, todos listos para contratar a los mejores. ¡Y eso antes de que el programa se trasmita!

—Ustedes ya son modelos famosas —protestó Mermelada—. Y también están a punto de convertirse en estrellas famosas del pop. Para mí, aparecer en el concierto de Estrellas del mañana podría significar la gran oportunidad que estoy buscando.

Para saber

cómo continúa, lee

Un golpe de suerte.

La variada carrera profesional de Cindy Jefferies incluye actividades tales como fabricante de máscaras venecianas y DJ de vídeos. Cindy decidió escribir *Escuela de fama* luego de presenciar los altibajos que atravesaron sus hijos dentro del negocio de la música. El conocer por dentro la vida de quienes buscan convertirse en estrellas de pop y su propia experiencia hacen que Cindy sepa lo emocionante y exigente que puede ser esa búsqueda de fama y fortuna.

Cindy vive en una granja en Gloucestershire, donde el ruido de los animales, el estruendo de los tractores y los ensayos de Stitch, la banda de *indie-rock* de su hijo, ¡todo la ayuda a escribir!

Si quieres conocer más acerca de Cindy Jefferies, visita su sitio web: www.cindyjefferies.co.uk

Escribe
tus sueños

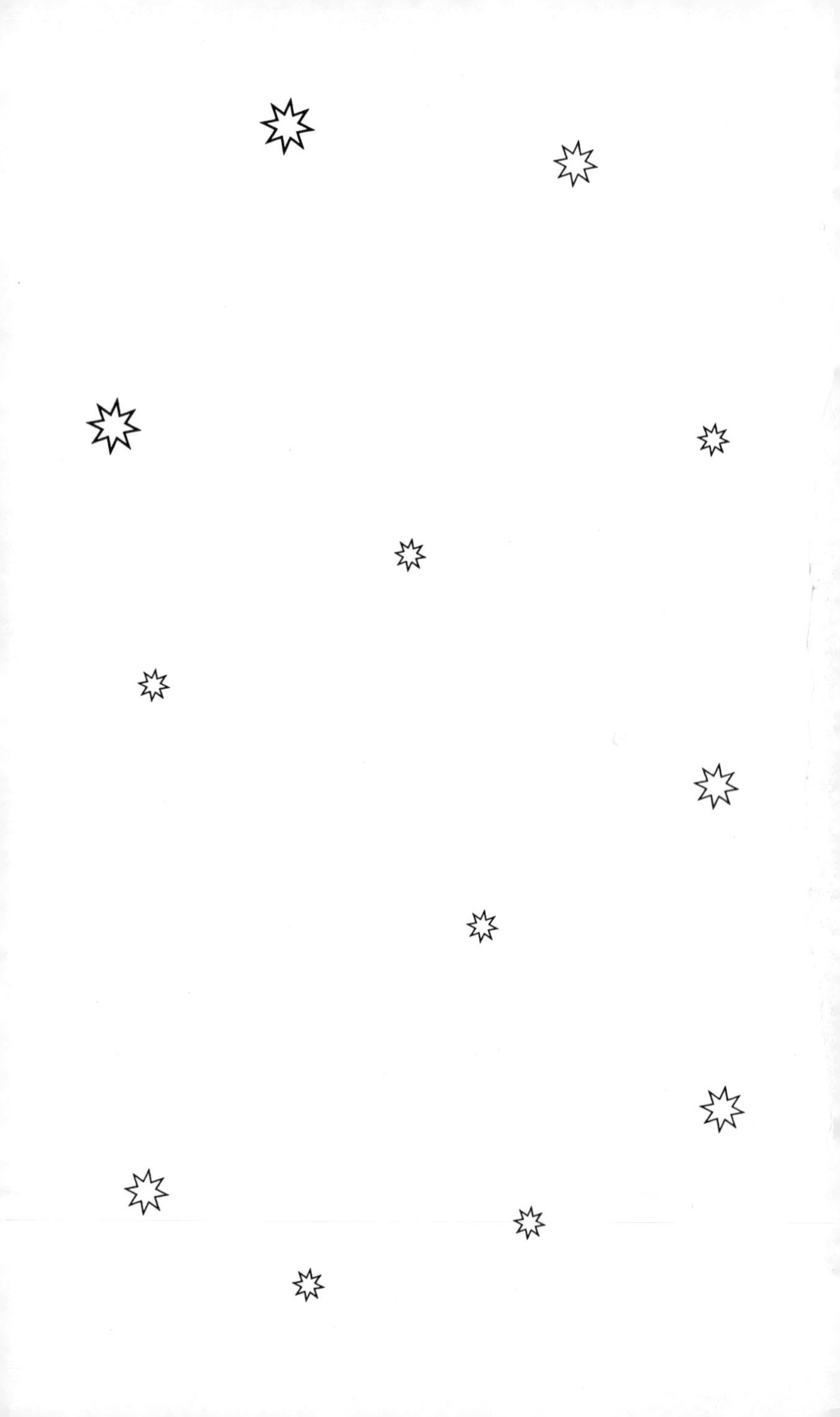